우리가 피를 마실 때

우리가 피를 마실 때

이빗물

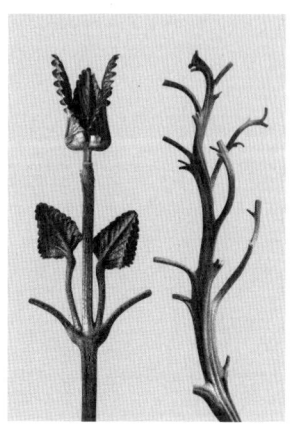

orror

When We Drink Blood

우리가 피를 마실 때

도진은 라디오에서 흘러나오는 유행가에 맞춰 손가락을 까닥였다. 나는 운전대를 잡은 그 손을 노려보다가, 이내 창 너머 풍경으로 눈길을 돌렸다. 차창 밖으로 논밭과 비닐하우스가 지나갔다.

"…얼마나 남았지?"

내가 물었다.

"한참 더 가야지."

"노래 말이야."

내 말에 도진은 나를 한번 흘낏, 쳐다보더니 아무 말 없이 운전을 계속했다. 나도 말없이 카 오디오의 주파수를 돌려버렸다.

"뭐야."

"듣기 싫어서."

도진의 표정이 굳어졌다. 말을 하려는 듯 그의 입술이 떨어지는 순간, 나는 거기서 나올 말을 예감했다.

무별촌에 가면, 다 괜찮아질 거야.

도진은 한 자도 틀리지 않게 똑같이 말했다. 예서가 네 동생이어도 그랬겠니, 나는 속으로만 중얼댔다. 그래도 도진이 같은 남자 없어. 처제 죽고 아내가 우울증 걸렸다고 휴직하고 돌보는 남편이 어딨어. 주변 사람들의 말이 황량한 바깥 풍경처럼 스쳐 갔다.

회사는 예서가 근무 중 흡혈귀에 물려 죽었다고 했다. 요즘 세상에 흡혈귀가 어딨어, 부르짖는 나에게 그들은 잇자국이 선명한 시신의 목덜미를 디밀었다. 예서가 일하던 물류창고는 오래된 혈액 팩을 다루는 곳이었다. 정부가 흡혈과의 전쟁을 선언한 이후 흡혈귀들은 서서히 자취를 감췄다. 문제는 남은 혈액들이었다. 식용으로 응고되고 진공 포장된 혈액은, 피가 필요한 환자들에게 수혈될 수 없는 상태였다. 예서는 그걸 분류하고 검수하고 배송하는 일을 했다. 수신지는 혈액은행이 아니었다. 전국 각지의 의과대학, 재수학원, 때로는 연예기획사기도 했다. 흡혈귀가 빨아낸 피가 피부재생과 인지능력에 좋다는 소문이 돌았을 때, 희망찬 사람들은 말했다. 그것이 난치병 환자들에게 돌아가면 되리라고. 하지만 혈액은 다만 비싼 값에 거래될 뿐이었고, 자극적인 언어로 이를 보도하던 언론과 기함하던 시민들도 어느새 이 상황을 묵묵히 받아들였다. 내 동생 예서가 그랬던 것처럼.

예서를 C 물류센터에 소개한 건 도진이었다. 엄마가 죽고, 단둘이 살던 예서를 신혼집에 데려올 수밖에 없었다. 그때 예서는 겨우 열여덟이었기 때문이다. 아내의 한참 어린 동생을 서울집에 들이자는 부탁에 도진은 몇 주간 답이 없었다. 그 시기 그는 새벽이 되어서야 취한 채 귀가하는 일이 잦았다. 내가 아닌 누구와 고민을 상의했을까, 콩나물국을 끓이며 나는 궁금했다. 도진이 내놓은 답은 이랬다. 좋아, 데려와, 데려오자고. 어쩌겠어, 혼자 살 수 없는 나이인데. 대신 제 몫의 생활비는 벌어야 해. 나는 수화기를 쥐고 예서에게 말했다. 서울에 있는 학교로 전학 오면 어떻게 적응하느냐고 울먹이는 동생에게, 나처럼 엄마 잃은 동생에게, 언니 집으로 오면 공장에 나가라고. 예서는 그렇게 학교를 그만두고 도진이 다니는 회사 산하의 물류센터로 가게 되었다. 만약 그러지 않았다면 어땠을까.

누구도 입 밖으로 내지 않았지만, 영안실에서 예서의 팔뚝을 붙잡고 소리 없이 우는 도진을 보면서 생각했다. 너도, 그 질문은 했겠지. 적어도 그 질문은 했겠지.

예서를 보낸 후로 나는 잠에 들 수 없었다. 미안함, 죄책감, 그 아이가 살아 있었다면 이루었을지도 모를 꿈들. 언니, 언니, 하고 나를 쫓아다니던 어린 동생… 그 모든 것 위에 군림한 건 다름 아닌 이제 이 세상에 나 홀로라는 감각, 그것이었다. 그걸 알아차릴 때마다 나는 뼛속까지 소름이 끼쳤다. 인간이란 미치도록 이기적이어서, 제 속 얘기를 하고자 묘지를 찾는 존재다. 그리고 그게 나였다. 그런 생각을 하며 벌벌 떨고 돌아누울 때, 도진도 잠들지 못하고 있다는 게 느껴졌다. 우리는 가늘게 경련하는 등을 맞대고 숨죽여 신음하며 밤을 지새웠다. 나는 병원을 찾았고, 정신력으로 이겨내보자며 내가 타온 약을 내다 버리고 사내 복지로 타온 뮤지컬 티켓을 내밀던 도진은 끝내 부르짖었다. 정신과 오래 다닌 기록이 있으면 보험 가입도 어렵다고. 우리 아직 실비도 못 들었잖아!

그러던 어느 날, 도진이 퇴근길에 전화를 걸었다. 들뜬 목소리였다. 있지, 자기야, 오늘 집에 가서 말하려 했는데 못 견디겠어서 전화부터 거는 거야. 내가 엄청난 곳을 알았어. 그날 현관문을 열고 들어서는 도진의 만면엔 미소가 가득했다. 여보, 무별촌이란 곳, 들어봤어? 그렇게 말하며 싱글대는 도진의 낯은 싱글벙글거렸다. 거기가 말이야, 나도 처음 듣는데, 치료공동체 중에 하나래. 가까운 사람과 사별한 사람들이 모여 지내는 곳인데, 거기서 1년만 지내도… 다 괜찮아진대. 대체 무엇이, 하고 나는 묻고 싶었지만 그러지 않았다. 도진은 몸 쓰는 일을 하는 예서에게 염소즙이나 동충하초를 사다 주던 때처럼 열심히 설명했다. 무별촌을 설립한 사람이 얼마나 절절한 사연을 가졌는지, 그래서 그곳이 얼마나 숭고한 목적으로 돌아가는지, 그리고 그곳에 간 유족들이 얼마나 괜찮아졌는지. 나는 그가 감기약 대신 싸구려 홍삼청을 사 왔을 때처럼 무력한 기분이 들었다. 도진은 끈질기게 나를 설득했다. 여보, 정신과 약은 의존성이 있대. 그거 먹는다고 자기 잠을 자? 못 자잖아, 내가 다 봤어, 나도 깨어 있었으니까. 여보, 우리 무별촌에 가자. 거기만 가면, 우리도 새로 시작할 수 있어. 순간 그가 끈덕지게도 털어내고 싶어 하는 게 무엇인지 선연히 떠올랐다. 머리가 핑 돌아 식탁 의자에 몸을 기댔다. 한참이나 말없이 도진을 노려봤다.

그래, 가자. 얼마나 괜찮아지는지, 가서 한번 보자.

마침내 내 입에서 그 말이 나오기까지 걸린 시간은 3주였다. 도진이 예서를 받아들이자고 말하는 데 소요된 기간이었다.

차는 구불구불한 산길을 올랐다. 대체 이런 산속에 사람이 모여 산다는 거야? 묻는 나에게 도진은 답했다. 자연은 사람을 치유해주잖아! 그리고, 상처를 치유하려면 세상의 풍파에서 벗어나 있는 게 좋다고. 내가 한숨을 쉬는데, 저 멀리 하얀 표지판이 보였다. '환영합니다. 무별촌까지 800미터.' 표지판이 가리키는 방향을 향해 바퀴가 굴러가는데, 잎 더미 속에서 짐승 같은 것이 튀어나왔다. 차로 칠뻔한 것도 아닌데 내 입에서 비명이 나온 까닭은 그게 짐승이 아닌 사람이었기 때문이다. 그는 꼿꼿이 서서 우리가 탄 차를 바라보았다. 나는 눈을 마주치지 않으려고 고개를 푹 숙였다. 그는 실 한 올 걸치지 않은 전라 상태였다.

"여보, 방금… 저거, 봤어?"

쿵덕대는 가슴을 누르며 내가 묻자 도진은 아무것도 모르는 표정을 지었다.

"응?"

"방금 튀어나온 사람 말이야. 옷을 하나도 안 입고

있었잖아."

"무슨 소리야. 산속에 그런 사람이 어딨어."

내가 헛것을 보았나, 생각하는 사이 도진과 나는 드디어 무별촌에 당도했다. 무별촌 입구엔 알록달록한 조화로 꾸며진 거대한 아치가 있었다. 도진이 운전하는 모닝이 그곳에 들어서자, 눈 앞에 새로운 풍경이 펼쳐졌다. 곳곳에 텃밭과 컨테이너, 가건물이 미로처럼 얽힌 무별촌 안에는 사람들이 허리를 굽혀 농사를 짓고 짐을 들고 걸어 다니고 벤치에 걸터앉아 이야기를 나누고 있었다. 서행하며 차를 댈 곳을 찾는데, 똑똑, 창을 두드리는 소리가 났다. 차창 가득 둥그런 얼굴이 가득 찼다. 도진은 발작적으로 운전석 창을 내렸다. 끼이익, 창이 내려가고 둥근 얼굴의 주인이 말했다.

"새 가족님들이시죠? 환영합니다. 우리 가족님 차는 저쪽에 대시면 됩니다."

그는 휑한 공터를 가리켰다. 거기엔 차가 한 대도 없어서, 나는 이곳에서 지낸다는 사람들은 대체 어디까지 차를 타고 왔고 여기까지 어떻게 왔으며 그 차는 어디다 댔는지 궁금했다. 그러나 질문은 이제 막 시작되었을 뿐이었다. 무별촌에서의 첫날이 시작되었다.

＊

"다 지나갔습니다."

둥글게 모여앉은 열댓 명의 사람이 똑같은 목소리로 말했다. 나는 이 문장을 정확히 여덟 번째 듣고 있었다. 아니, 저 말 후에 덧붙여진 사담들에 포함된 것까지 합하면 몇 차례인지 셀 수도 없을 것이었다. 군대도 수련회도 아니면서 숙소마다 울려 퍼진 기상곡에 깨어나 단체 체조를 하고 아침 식사를 한 후 첫 일정이었다. 야외에서 이루어지는 집단상담. 간이 의자에 걸터앉은 몸 위로 나뭇잎이 쌔그락거리며 바람에 스쳤다. 저는 별로 하고 싶지 않은데요, 말했을 때 상담을 권하러 온 민머리 여성은 큰 눈을 깜빡이지 않고 나를 응시했다. 그러면서 그가 내 손목을 꼬옥 잡는데, 등 뒤로 식은땀이 흘렀다. 그런데, 누구세요. 재차 거절하지 못한 채 다만 그렇게 물었을 때 그는 빙긋 웃으며 말했다. 저는, '첫 번째 안내자'예요. 그의 손에 이끌려 간 공터에는 이미 사람들이 모여 있었다. 둥그렇게 모인 사람들의 가슴팍엔 숫자 표가 붙여졌고, 그 순서에 따라 각자가 경험한 사별의 기억을 말했다. 열차에 몸을 던져 죽은 딸, 첫 월급으로 사드린 떡이 목에 걸려 죽은 아버지, 기쁜 얼굴로 안아 들었다가 떨어트려 죽은 조카. 그리고 말을 하는 누구도 울지 않았다. 떨지도, 머뭇대지도, 감정을 추스르느라 숨을 들이쉬지도 않았다. 그들은 아주 평온하고, 아니, 말간 빛이 날 정도로 밝은 얼굴로 친밀한 이들의 죽음을 말했다. 한 사람의 이야기가 끝나면, 모인 이들은 입을 모아 한목소리로 말했다. 다 지나갔습니다. 그러면 말을 마친 이는 아주 기쁜 얼굴로 손을 모아 인사했다. 처음엔 멀거니 그 모습을 바라만 보았다. 그런데 이야기가 다음 차례로 넘어가지 않았다. 다, 지나갔습니다. 경건한 목소리로 읊조린 이들이, 까만 눈으로 나를 쳐다보고 있었다.

다 지나갔습니다.

다 지나갔습니다.

다 지나갔습니다.

그들은 말을 한 번 반복할 때마다 나를 더 뚫어지게 응시했다. 나는 그제야 어설프게 손을 모으고 웅얼댔다. 다, 지나갔습니다. 그러자 모인 이들의 얼굴에 평화가 감돌고 시간이 다시 흐르기 시작했다. 그래서 나는 누군가의 엄마가 친구가 남편이 얼마나 산산이 부서져 죽었는지 듣고 난 후 입을 뻥긋대야 했다. 다, 지나갔습니다. 내 차례가 왔다. 수많은 눈동자가 다시 나를 쳐다봤다.

"어, 그… 저는, 서울에서 왔고요. 동생이… 그러니까 동생이, 죽어서 여기 왔습니다."

더는 아무것도 말하고 싶지 않았다. 하지만 까만 눈동자들은 나를 향해 있었다. 말을 잇지 않으면 그것이 나를 뚫어버릴 것만 같았다.

"…제 동생은… 사고로 죽었어요. 일을 하다가 흡혈귀에 물렸댔어요, 회사에서. 처음엔 시신도 안 보여줬어요. 그러다가, 제가 요즘 어디에 흡혈귀가 있냐고 하니까, 그러니까…."

말이 정돈되어 나오지 않았다. 그리고 그보다 당황스러운 것은 말을 하는 도중 감정이 북받쳐 통곡이 터져 나왔다는 사실이었다. 장례식 내내 꾹꾹 참다가 화장을 하러 가마에 들여보내고서야 그랬듯이, 나는 가슴을 들썩이며 짐승처럼 울부짖었다. 죽음을 대할 때면 나는 늘 그랬고, 매번 당황스러웠고, 매번 어찌할 바를 몰랐다. 그럴 때 나는 내가 얼마나 짐승처럼 울 수 있는지 알았다. 그때 내 머리 위에 뜨끈한 무언가가 얹어졌다. 흐느끼며 눈물범벅이 된 얼굴을 들자, 사람의 몸통이 보였다. 누군가가 내 머리 위에 손을 얹고 있었다. 이어서 팔에, 등에, 허벅지에 손이 얹어졌다. 자리에 앉아 있던 사람이 하나둘 일어나 내게 와 내 몸에 손을 얹었다. 그중 누군가가 내 목덜미를 꼭 끌어안았다. 그리고 귀에 대고 말했다.

괜찮습니다, 가족님. 다, 지나갔어요.

나는 그 팔뚝을 붙들고 매달렸다. 누구의 것인지도 모르는 가슴팍에 얼굴을 묻었다. 참으로 기이한 경험이었다. 한 번도, 남편 앞에서도 털어놓지 못한 감정을 토해내고 있는 힘껏 위로받는 일. 그 순간 그렇게 기이하게 느껴지고 거부감이 들던 그들의 언어와 몸짓이 나의 어느 경계선을 뚫고 들어와 나를 으스러지도록 감싸는 느낌이었다. 그게, 퍽 포근했다. 겨우 감정을 추스르고 주먹으로 얼굴을 닦아내는 내 허벅지를, 옆에 앉은 중년 여성이 토닥였다. 그는 내게 소곤댔다. 여기선 모든 게 새로워져요, 두고 봐요.

집단상담이 끝난 후 숙소로 돌아가는 길에 남편과 마주쳤다. 이곳은 남자 숙소와 여자 숙소가 나뉘어 있고, 부부나 다른 가족끼리 오더라도 예외는 아니라 했다. 도진이 물었다. 당신은, 뭐 했어? 나는 집단상담을 했다고 답했다.

"…울었니?"

도진은, 그렇게 말했다. 나는 말없이 그의 희고 갸름한 얼굴을 올려보았다.

"당신은, 뭘 했어?"

"나는….'

"가족님!"

그때, 크고 높은 목소리가 나를 불렀다. 고개를 돌렸다. 아침에 나를 인도한 '안내자'였다.

"뭐 하고 계신 거지요?"

그는 여전히 눈을 깜빡이지 않고 질문했다.

"아… 남편이랑, 잠깐 얘기하고 있었어요."

"남편이요."

그의 표정이 잠시 굳는 듯하더니, 이내 다시 빙그레 웃음을 띠었다.

"여기서는, 모두가 내 남편이고 아내이고 자식입니다. 세상의 것은 다 지나갔어요."

"예?"

"지나간 것에 매달리면, 괴로울 뿐입니다. 자, 어서 따라오세요."

그는 내 손목을 잡은 손에 힘을 주었다.

"저, 남편이랑 오늘 처음 봐요. 별말을 안 나누었….'

안내자가 매서운 눈으로 나를 돌아보았다. 흔들리지

않는 호수처럼 고요하고, 평생 웃음 외의 표정은 짓지 않은 사람처럼 순한 주름이 진 둥근 눈, 그 눈은 그래서 서늘하게 매서웠다.

"가족님."

"……."

"우리가 가야 할 길이 얼마나 먼지요. 그런데 이렇게 지난 일에 매달리셔서야 되겠습니까? 우리 가족님처럼 소중하고 선택받은 분이요!"

"아니, 저는…."

"아."

그는 탄식 같은 소리를 내뱉더니 양손으로 내 손을 꼭 쥐었다.

"가족님, 이곳에 오시기까지 얼마나 고달프셨습니까? 저 아래 세상에서요. 하지만 가족님이시니까, 다른 분이 아니라 가족님이시니까! 여기까지 오실 수 있었던 겁니다."

나는 주춤주춤 뒷걸음질을 쳤다. 입가가 일그러지는 걸 숨길 수 없었다. 하지만 당혹스러움을 받아들일지 그러지 않을지 택하기도 전에, 또 다른 곳으로 끌려가야 했다. 거기는 식당 조리실처럼 사방이 타일로 도배된 가건물이었다. 머리를 동여맨 이들이 주저앉아 커다란 대야 속에 부글부글 끓어오르는 무언가를 반죽하고 있었다. 안내자가 다정히 등을 떠밀어 나도 주춤대며 그 곁에 끼어들었다. 가까이서 보니 고무 대야 속에 든 건 진한 갈색의 걸쭉한 액체였고, 부글대는 소리를 내며 거품이 끝없이 터지고 있었다.

"이, 이게 뭔가요?"

건네주는 고무장갑을 끼며 나는 망연히 물었다. 냄새가 썩 좋지 않았다. 그걸 덮으려는 듯, 누군가가 바가지에 흑설탕을 한가득 퍼와 쏟아부었다.

"생명수."

경상도 어조가 또렷한 말투로 여성 하나가 말했다.

"아이, 딱 보니 새 가족인데 그렇게 말하면 알아듣나."

또 다른 여자가 말했다.

"효소예요, 효소. 세상 사람들 말하는 대로 하면."

"네."

그렇구나, 생각하며 그들이 하듯 나도 걸쭉한 액체에 손을 담가 그 안에서 뭉친 덩어리들과 흩어지는 가루들을 조물거렸다. 한때 건강 프로그램 〈몸의 제왕〉을 애청하던 시숙이 '불사의 몸, 비밀은 만능 효소?'라는 편을 본 후 어디서 자꾸 페트병에 든 효소를 갖고 찾아오곤 했었다. 시큼하고 톡 쏘고 인공적인 단 향이

나던 오묘한 색의 찐득한 액체들. 그게 이렇게 만들어지는 거였구나. 그런데… 이 효소는 대체 뭐로 만든 거지? 이런 건 처음 보는데. 물음이 입속에 맴돌았지만, 차마 내뱉지 못했다. 걸쭉한 물 속에 손을 넣어 휘적거리던 중, 그 위에 둥둥 뜬 속눈썹 뭉치를 보았기 때문이다. 그건 그러니까 한 가닥이 아니라, 누가 보아도 속눈썹임을 알 수 있을 만큼 온전한 모양으로… 떠 있었는데, 그 끝엔 너덜대는 무언가가 붙어 있었다. 누군가의 속눈썹이 뭉텅이로 빠졌거나 인조 속눈썹을 빠트린 거겠지. 아주버님도, 그래서 내가 상표 없는 효소는 위생적이지 않으니 조심해서 사드시라니까. 애써 생각하며 눈을 또르르 굴려 옆 사람들의 얼굴을 번갈아 보았다. 그때 나는 이곳 사람들의 눈에서 느껴지던 독특한 동질감의 정체를 알았다. 누구의 눈꺼풀에도 속눈썹이 달리지 않았다.

고백하자면, 무별촌에 온 첫날은 늦저녁 숙소를 안내받아 머리를 대자마자 잠이 들었다. 동생이 죽은 후로 잠이 오지 않아요. 병원에 가서 했던 말이 무색하게, 그리고 나 자신 앞에 무색하고도 무색하게. 그런데 오늘 밤은 그렇지 않았다. 뒤척이면서, 낮에 담갔던 효소에서 보았던 속눈썹을 떠올렸다. 누구의 것이었을까? 여기서 마주친 사람들의 얼굴을 샅샅이 살펴보아도 속눈썹이 있는 사람은 아무도 없었는데. 생각이 거기에 미치자 나는 더듬더듬 내 눈꺼풀을 더듬었다. 마치, 내가 모르는 새 그게 떨어져 나가 고무 대야에 떨어지기라도 한 것처럼. 희미한 수면등만이 켜진 막사 안에서 눈을 꾹 감고 잠을 청하려 애쓰면 애쓸수록 머릿속엔 살 꺼풀 밑에 달려 있던 풍성한 속눈썹이 둥둥, 떠올랐다.

헉.

하얗게 질린 질겁이 입 밖으로 소리가 되어 나오기 전에 다급히 입을 막았다. 도저히 잠을 이룰 수 없었다. 어젯밤 이곳에 와 잠을 청할 때, 그리고 오전 첫 프로그램으로 집단상담을 했을 때 몸을 감쌌던 기이한 평온함은 어느새 씻겨나간 듯했다. 나는 익숙한 자세로 이불을 그러쥐고 몸을 굽혔다. 이가 딱딱 부딪치는 소리가 났다. 예서가 죽었다. 그래서 나는 여기에 와 있다. 내가 엄마와 예서 대신 가족으로 택한 이가 엄마 장례 후 예서를 공장으로 보냈고, 거기서 예서는 죽었다. 그래서 나는 지금 낯모르는 사람들과 이곳에, 차곡차곡 포개진 물류 상자처럼 쌓여서, 그제 그러했고 지난주에 그러했고 지난 계절에 그러했듯이 하얗게 질린 채 깨어 있는 것이다. 그렇게 차가운 깨달음 아래 덜덜 떠는 순간, 알아차렸다. 옆자리에 누운 이의 등이 내 것처럼 떨리고 있음을. 그건 내가 잘 아는 등이었다. 고요한 침묵이 감도는 천막 안에서 이름 모를 그 사람은 소리 없이 흐느끼고 있었다. 머리 아래에 받친 손을 빼어 왼쪽으로 돌아누웠다. 아, 그곳에도 떨리는 등이 있었다. 왼쪽에 누운 사람 역시 온몸을 가늘게 떨며 조용히 울부짖고 있었다. 숨이 멎을 것 같은 기분에 천장을 바로 보고 똑바로 누웠다. 희뿌연 전구에서 나오는 빛이 눈을 쏘았다. 눈을 감아도 떠도 시각이 멀어버릴 것만 같은 밤. 그 순간 나도 모르게 손을 뻗어 옆 사람의 등에 댔다. 손바닥 아래, 무겁게 진동하는 근육이 느껴졌다. 계속 이어지던 떨림은 어느 순간 천천히 잦아들더니, 일순 뚝 멈추었다. 대신 쌔액쌔액, 낮고 고른 호흡이 등을 부풀렸다 가라앉혔다.

"…괜찮아요."

한참 망설이던 입은 제멋대로 벌어져 그런 말을 내뱉었다. 매일 밤 입안에 머금었으나 한 번도 뱉어보지 못한 문장. 도진과 보낸 길고 긴 밤 하지 않던 그 말.

"괜찮아요, 괜찮아요."

떠듬떠듬 끝없이 중얼거렸다. 그게 무슨 주문이나 되는 듯이. 그런데 발음할수록 얼굴 근육이 제멋대로 일그러졌다.

"괜찮아요, 괜찮…."

발작적으로 옆 사람의 옷자락을 꽉 움켜쥐는데 흐느낌이 터져 나왔다. 대체 무엇이 괜찮단 말인가? 더는 소리를 숨길 생각도 없이 울음이 쏟아졌다. 그때 무언가가 내 입을 턱 막았다.

"언니."

내 입을 틀어막은 손이 내 머리 위에서 속삭였다. 숨을 헉, 삼켰다. 예서야. 그대로 엎드려 덜덜 떠는데, 귓가에 대고 목소리가 말했다.

"여기선 울면 안 돼요."

훌쩍, 울음을 삼키는 앳된 음성이었다. 그제야 바르르 떨리는 고개를 들자, 하얗고 둥근 얼굴과 눈이 마주쳤다.

"까딱하다간 흡혈귀한테 잡혀가거든요."

스무 살쯤 됐을까. 작고 오똑한 코 위로 긴 속눈썹에 매달린 눈물이 깜빡였다.

"되게 이상하죠. 다 없어졌다던 흡혈귀가 하필 여기 출몰하다니. 아무튼 그렇대요. 밤새 누가 없어졌는데 흡혈귀가 물어갔다면 믿어야 하고, 울지 말라면 울지 말아야 하고. 여기선 다 그래요."

"⋯⋯."

쉴 새 없이 종알대는 입술을 물끄러미 바라보다, 나는 잠긴 목소리로 입을 열었다.

"저기."

나와 마주친 큰 눈이 더욱 동그래졌다.

"혹시, 몇 살이에요?"

"아."

상대는 뜻밖에 얼굴을 붉히더니 당혹스러운 몸짓을 했다.

"죄송해요, 갑자기 언니라고 불러서. 알바를 많이 해서 그래요. 절대, 절대 언니가⋯ 그니까 음. 선생님이, 저보다 나이가 많아 보인다든가 하여간 나쁜 뜻으로 그런 건⋯."

우물우물 변명하는 그 애에게 말했다.

"나는 올해 스물아홉이에요. 작년엔 스물여덟이었고요."

"⋯⋯."

흔들리는 내 눈을 빤히 보던 그 애가 답했다.

"저는요, 열아홉이에요."

그러곤 고개를 떨구며 덧붙였다.

"삼촌이 보내서 여기 왔어요. 그래야 졸업해서 취직할 때까지 데리고 살아준댔어요."

"…그랬군요."

"말 편하게 하세요, 언니."

그 애가 나를 가만히 쳐다보더니 우물우물 말했다.

"언니라고 불러도 되죠?"

무별촌에서 맞는 두 번째 아침 역시 의미를 알 수 없는 체조로 시작됐다. 가까운 숙소 몇 동 인원이 모여 군락을 이루고 녹음된 음성과 희미하게 보이는 시범을 따라 다 같이 움직였다. 허리를 구부리고 팔다리를 쭉쭉 펴면서 때꾼한 눈으로 어젯밤을 몽롱하게 떠올렸다. 그늘 하나 없는 흙바닥 위에 날카롭게 내리쬐는 햇빛이 눈을 찌르자 간밤이 마치 꿈같이 느껴졌다. 마지막 체조 동작은 양손을 머리 위로 힘껏 쳐들고 제자리에서 팔짝팔짝 뛰는 것이었다. 대형 스피커에선 경음악과 함께 녹음된 목소리가 흘러나왔다. 하나, 둘, 구령을 붙이는 굵은 음성 위로 화음처럼 또 다른 목소리가 겹쳤다.

"좋습니다. 좋아요. 잘하고 계십니다. 계속 뜁시다!

올라가도록, 모든 슬픔과 어둠이 바람에 날려 저 멀리 올라가도록. 올라갑니다, 올라갑니다."

문득 모든 것이 꿈같이 느껴졌다. 내가 지금 이곳에서 손을 털고 무릎을 구부려 뛰고 수많은 사람이 같은 동작을 하고 있는 것 자체가, 아니 내가 여기에 있는 자체가 꿈같았다. 순간 내가 이곳에 왜 왔는가가 떠올랐다. 예서가 죽었다. 그래, 예서는 죽었지. 그래서 내가 여기에 왔지. 찰나라도 그 사실을 잊었다는 것이 놀라웠다. 꿈. 그래, 이 모든 게 꿈이라면 얼마나 좋을까. 엄마에 이어 예서를 삶에서 놓쳐버리고, 내 곁에 남은 유일한 남자의 멍청한 말을 따라 멍청하게 산골로 기어들어 온 이 순간이. 아니, 서로를 지키지 못한 이들과 가족이 되어 감히 사랑하며 살아온, 그렇게 살기 위해 젊은 날 화학공장에서 얻은 천식으로 고생하면서도 새 생명을 품은 여자의 탯줄을 잡고 내가 세상에 태어난, 그 모든 일이… 생각이 거기에 이르자, 다소 기묘한 어제의 기억들이 바닥에 나뒹구는 낙엽처럼 예사롭게 느껴졌다. 사람이 살아가고 죽는다는 게 얼마나 이상한지. 전학을 가는 게 무섭다고 떨던 아이가 흡혈귀가 출몰하는 위험지대에 취직하고, 거기서 죽고, 거기로 그 애를 밀어 넣은 사람들이 보호자라는 이름으로 차갑게 식은 몸을 어루만지고 통곡하고 또 잊으려 발버둥치는 게 얼마나 기이한지. 그러니 이런 산골에 머무는 동안 내가 본 나체의 사람들이나 정체 불명 속눈썹 같은 것이야 그게 환각이든 실체이든 그리 특별할 것도 없었다. 나는 다만, 또다시 삶의 이상한 한 자락에 와 있는 것뿐이었다. 그런 생각을 하는 동안 스피커 속 목소리는 사람들에게 가슴을 크게 부풀렸다 가라앉히며 숨을 고르라고 일렀다. 눈을 감고 심호흡을 했다. 어지럽던 상념들이 물밑으로 가라앉는 것 같았다. 체조가 끝났다.

"평안하십시오."

"평안하십시오."

사람들은 합장하듯 손을 모으고 앞, 뒤, 양옆, 대각선의 사람들에게 고개를 숙이며 인사했다. 첫째 날은 당황해서 멀뚱히 서 있던 나도, 오늘은 그렇게 했다.

"……."

그러나, 낙엽이 흔하다고 해서 낙엽 지는 이유가 궁금하지 않은 것은 아니었다. 많은 게 궁금했고 의문을 떨칠 수 없었다. 이곳에 대해, 그리고 여기 모인 사람들에 대해, 무엇보다 어제 만나 그 애에 대해. 하지만 궁금해한다고 뭐 어쩌겠는가. 머리를 터는데, 옆에서 누군가가 와락 팔짱을 껴왔다.

"언니."

"아….''

나를 발견한 그 애는 눈을 크게 뜨고 웃었다. 그러 곤 장난기 어린 목소리로 속삭인다.

"춤 되게 이상하죠."

"뭐, 그냥….''

"여긴 온통 이상해요. 이상한 것투성이예요."

"……''

"나랑 얘기하는 거, 재미없어요?"

물끄러미 그 애를 바라보다, 이내 시선을 거뒀다. 그 얼굴에서 예서가 보였기 때문이다. 피, 부루퉁하게 내 민 입술은 종알종알 말을 멈추지 않는다. 그 나이에 생활전선에 뛰어들지 않았더라면, 예서도 어린 날처럼 저랬을까. 가슴 한구석이 조여왔다.

"아니야, 왜 그런 말을 해."

"정말요? 히, 다행이다."

내 말에 금세 배시시 웃더니, 그 애는 갑자기 주변 을 두리번거리곤 목소리를 낮췄다.

"언니, 근데요. 그거 아세요? 여기, 진짜 진짜 이상 한 게 있어요. 어쩌면 저만 알지도 몰라요."

"응?"

"전에 일과 시간에 화장실에 가다가, 화장실인 줄 알고 처음 보는 곳에 들어갔거든요. 그런데 거기에 뭐가 있었는 줄 아세요?"

"글쎄."

시큰둥한 표정을 짓는 내 귀에 속삭임이 흘러들어 왔다.

"오늘, 제가 보여드릴게요."

그 애가 나를 데리고 간 곳은 무별촌에서도 외진 곳에 있었다. 쉬, 입술에 손을 갖다 댄 아이는 내 손목을 잡고 끼이, 오래 열리지 않은 듯 삐걱대는 문을 밀어젖혔다. 쿵, 등 뒤로 문이 닫히고 눈 앞에 아래로 향하는 좁은 계단이 나타났다.

"여기 뭐가 있다고 그래?"

"따라와 보세요, 언니. 직접 보셔야 한다니까요?"

타박타박, 소녀의 뒤를 따라 도착한 지하에서 문을 하나 더 열자 바닥이 오각형인 큼직한 공간이 나왔다. 사람이 오래 드나들지 않은 것 같은데도 수많은 등불과 조명이 어두운 방을 희미하게 밝히고 있었다. 그 애는 그중 등불 하나를 집어, 높여 들곤 우리가 선 왼쪽 벽을 천천히 비추어 보였다. 덕분에, 한쪽

벽면을 가득히 채운 거대한 벽화들의 부분 부분이 선명히 보였다.

"이것 좀 보세요, 언니."

"이게 대체…."

어째서 이렇게 커다란 벽화들이 생뚱맞게 자리하고 있는지 알 수 없었다. 그 애는 이미 한번 본 풍경을 따라 등불을 들고 나를 인도하듯 천천히 걸어갔다. 나는 그 뒤를 따라 움직이며 그림을 찬찬히 보았다. 설핏 보면 여러 점 같았으나, 벽화의 끝에서 걸음을 멈추는 순간 알았다. 그림들은 하나로 이어져 있었다.

머리 아래로 피를 흘리며 젊은 남자가 죽어 있다. 그 앞에 얼굴을 가리고 절규하는 아버지의 손가락틈새로 피눈물이 흐른다. 그는 비통함에 옷을 찢으며 울부짖는다. 그러다 엎드려 아들의 몸에서 흘러나오는 피에 입을 갖다 댄다. 그리고 붉어진 눈과 입술과 발밑으로 피를 뚝뚝 흘리면서 거리로 나간다. 그가 한 남자의 목덜미를 문다. 남자는 쓰러지며 앞 사람의 발목을 문다. 발목이 물린 여성은 곁에 있던 아이의 등허리를, 아이는 또 옆 노인의 정강이를… 그렇게 피투성이가 된 저잣거리에, 머리 한 올 없이 희고 둥근 얼굴을 한 사람이 말을 타고 나타난다. 그는 손에 든 칼을 휘

둘러, 서로를 물고 뜯던 이들의 등에 꽂는다. 아직 누구에게도 물리지 않아 혼비백산하던 사람들은 그 앞에 무릎 꿇고 손을 들어 경배한다. 마침내, 살아남은 사람들이 둥글게 모여 앉아 붉은 고기와 포도주를 나눠 마시는 장면으로, 연속된 벽화는 끝났다. 마지막 장면, 그러니까 벽의 귀퉁이에서 한참이나 서 눈을 떼지 못하고 있는데 그 애가 옆에서 꼭, 팔짱을 껴왔다.

"언니."

"……."

"무서워요. 무섭고 이상해요."

"그러게, 그림들이 좀 무섭다."

"아니에요, 진짜 무서운 건 따로 있어요."

의아한 표정을 짓는 내게, 그 애는 반대편 벽 한 면을 가득 가린 붉은 융단 커튼을 가리켜 보였다.

"언니, 이 안에 뭐가 있게요?"

그 말을 하는 아이는 겁먹은 듯 떨고 있었다. 손에 든 등잔 불빛이 흔들렸다. 그 애는 숨을 한번 크게 내뱉더니, 융단 끝자락을 움켜쥔 손을 힘껏 뻗어 장막을 걷어냈다.

붉은 천 너머 벽에는 벽 하나를 가득 채운 거대한 그림이 그려져 있었다. 정가운데에는 갈색 유화 물감이 두텁게 덧칠 또 덧칠되어 그려진 아주 높고 튼튼해 보이는 나무 기둥이 있고, 거기엔 흡혈귀들이 둘러서 묶여 있다. 가는 붓으로 그려진, 겁에 질리고 일그러진 흡혈귀의 얼굴. 그들의 몸을 꽁꽁 묶은 밧줄, 발밑에 쌓인 장작. 그리고 거기서 치솟는 붉고 거대한 불꽃. 불꽃이 흡혈귀들을 불태운다. 아주 커다란 불꽃이, 내 동생을 죽이고 죄 없는 사람들을 죽인 괴물들을 벌겋게 집어삼킨다. 성난 불꽃이다. 그것은 날이 서 있고 꿈틀대며 살아 움직이는 듯 보였다.

마지막 불꽃 한줄기가 마지막 흡혈귀의 머리끝까지 휘감고 치솟는 것을 보고서야 나는 그림에서 시선을 거둬 그 애를 보았다. 그 애는 몸을 돌려 왼쪽 벽의 연속된 벽화로 다가가더니, 그림 끝자락의 한 부분을 검지로 짚었다.

"이 부분을 보세요. 무슨 메시아 같은 사람이 나타나서 흡혈귀들을 처치하고 살아남은 사람들이 모여서 식사를 나누는 장면이요. 처음 그림을 봤을 때, 궁금했거든요. 저 고기는 무슨 고기일까."

"……"

"그러다 장막 뒤의 이 그림을 보고 알아차렸어요. 저건…."

그 순간, 문밖에서 두런대는 대화 소리와 계단을 내려오는 발소리가 들려왔다.

"올 사람이 없는데?"

그 애는 당황해 붉어진 얼굴로 허둥지둥 등잔을 내려놓고 커튼을 도로 치더니, 나를 잡아끌고 방 한구석의 커다란 캐비닛 안으로 몸을 구겨 넣었다.

"뭐 하는 거야?!"

"빨리요, 들키면 안 돼요."

"열려 있는 곳인데, 들키면 어떻…."

소녀는 내 말을 끊고 서늘하게 속삭였다.

"죽을지도 몰라요, 언니."

뭐라 답할 새도 없이 그 아이와 함께 캐비닛에 들어선 순간 아이는 재빠르게 문을 안쪽으로 닫았다. 그와 동시에 벌컥 문이 열리고 사람들이 들어오는 소리가 났다.

"…해서요. 역시 가족님이십니다."

안내자의 목소리였다.

"……."

같이 온 듯한 사람은 답이 없었다.

"자, 가족님. 저번에 이 방을 찾았을 때, 직접 그려낸 세계를 기억하시지요? 이것은…."

그 애가 밖을 엿보려는 듯 캐비닛에 난 작은 틈에 이마를 바싹 붙였다. 미치겠네, 숨어 있자더니 얘가 지금 뭐 하는 거야. 한숨을 푹 쉬려다가, 안내자의 입에서 나오는 다음 말에 나도 모르게 그 애를 따라 틈새에 얼굴을 갖다 대게 되었다.

"우리가 힘을 합쳐 그려낸 세계입니다."

눈을 가늘게 뜨고 미간을 한껏 찌푸리자 방 안의 풍경이 희미하게 보였다. 두 사람의 뒷모습. 안내자와 이름 모를 입소자 하나였다. 안내자는 조금 전 우리가 열어본 장막을 열더니, 늘 메고 다니는 망태기에서 대뜸 식칼을 꺼내 그 거대한 그림 한가운데를 부욱 찢었다. 나는 저절로 벌어지는 입을 양손으로 단단히 틀어막았다. 흡혈귀가 불타는 화폭이 찢어진 자리, 거기엔 또 다른 그림이 있었다. 얼핏 보기엔 망가진 그림과 비슷한 풍경이었다. 성난 사람들, 불타오르는 흡혈귀, 그리고….

"아름답지 않습니까?"

안내자는, 그림 앞에서 벅찬 듯 되뇌었다. 드러난 그림 정중앙에는, 구름이 열리고 그 틈으로 빛이 쏟아지는 하늘과 천사의 날개에 싸여 공중으로 오르는, 빛을 향해 날아가는 무수한 사람들이 있었다.

"가족님께서 무별촌에 오신 지도 벌써 한 달이 넘어가지요. 이젠 어엿한 안내자도 되셨으니, 우리가 이곳에 모여 이루고자 하는 것이 결국 무엇인지 아시리라 믿습니다."

그 입소자는 안내자의 직책을 얻은 모양이었다. 그림 속 인물들이 지나가는 자리마다 반짝이는 가루처럼 흩뿌려진 금색 물감을 어루만지며 안내자가 그를 보았다.

"낙원에서 추방된 연인처럼, 우리는 저 고귀한 곳을 떠나 이 더럽고 추악한 세상에 떨어졌습니다. 그리고 죄를 짓고, 아파하고, 슬퍼했지요. 그 길에 함께한 소중한 이를 떠나보내면서요. 어쩔 땐, 이것이 영원할 것만 같습니다."

그의 눈에 슬픈 기색이 가득 맴돌더니, 이내 미소 지으며 휘어진다.

"그러나, 정말 그럴까요? 우리는 끝내 아파하고 울부짖고 처절히 흩어지기 위해 존재하는 것일까요? 아니지요. 절대 그렇지 않지요. 세상이 다 몰라도, 우리는 알지요. 그분이 무별촌을 세우신 이유를, 우리가 여기 모여 함께 땀 흘리고 피를 나누던 이유를."

안내자가 상대 앞에 바짝 다가섰다. 갑자기 현기증

이 나 눈을 질끈 감았다 떴다.

"낙원."

눈을 뜨고 그를 바라봤다.

"낙원으로 갈 겁니다, 우리는."

무슨 말인지 알 수 없었다.

"어떠한 이별도, 고통도 없는 곳. 너절한 육신에게 절하지 않아도 되는 곳. 기쁨의 노래만이 가득한 곳, 그곳에 가기 위해, 이곳에서 단련되었을 뿐입니다. 그러니 아시겠지요? 때가 되면 해야 할 일을."

그는 재빠른 손길로 다시 휘장을 치더니, 등불을 들고 앞서 들어왔던 문을 향해 걸어가며 뒤돌아보지 않고 말했다.

"어쩌면 때는 머지않을지도 모릅니다. 모두를 구원할 그때는…."

그들이 나가고도 한동안 우리는 좁은 사물함 안에서 꼼짝을 못 하고 있었다. 텅, 한참 만에 그 애가 문을 밀어젖혔다. 캐비닛 안에 쌓여 있던 화구들이 발에 채 바닥으로 우당탕 굴러떨어졌다. 표면에 물감이 말라붙은 커다란 양철통, 가늘고 굵고 넓고 좁은 붓, 그리고 물감이 담긴 상자와 유화를 갤 때 쓰는 기름통. 그 틈에서 소녀와 나는 말없이 서로의 얼굴을 마주 보았다.

또다시 아침이 밝았다. 어제 본 광경으로 마음이 어지러운 채, 조식을 위해 숙소 밖으로 나섰다. 식당 앞에 길게 줄을 선 사람들이 보였다. 식판을 들고 식당에 들어가 배식을 받은 사람들은 다시 나와 비닐이 씌워진 간이 테이블에 자리를 잡았다. 앉아 있는 사람들의 식판을 슬며시 보니, 어제보단 풍성한 반찬들이 보이는 듯도 했다. 안내자가 뒤에 서 있었기에 나는 입을 꾹 다물고 차가운 식판을 만지작거렸다. 줄이 하나씩 짧아질수록 그의 고무신이 내 발목에 닿았다. 톡, 톡. 아주 가볍게, 부드럽게. 그게 아주 불쾌하다고 느꼈다. 하지만 차례가 되어 배식을 받고 느낀 당혹감이 이내 그 감정을 덮어버렸다. 아침부터 고기라니? 반찬 칸하나를 가득 채운 연분홍색 고기를 보며 속으로 외쳤다. 심지어 어떤 간도 고명도 없이, 마트에서 파는 밀가루투성이 대왕 소시지를 굽지 않고 잘라놓은 모양새였다. 킁, 나는 소시지 한쪽을 집어 들고서 옆 사람들, 특히 안내자 몰래 냄새를 맡아보았다. 비릿한 냄새가 훅 풍겼다. 하, 도저히 질문을 참을 수 없었다.

"저, 안내자님."

"왜 그러시지요, 가족님?"

"이 고기는, 소시지인가요?"

"이름이 중요하겠습니까, 주린 배를 채워줄 양식인데."

"어제부터 궁금했는데 이곳은 원래, 간을 안 하는 식단이 주로 나오나요?"

그가 빙그레 웃었다.

"가족님, 또 하나를 깨우치셨군요."

또 무슨 소리를 하려는지 알 수 없었다.

"지금 드시는 건 고기처럼 보이나 동물의 육체가 아닙니다. 진리를 깨치고 슬픔을 벗어나 온전해지려는 우리가, 어찌 다른 생명의 고통이 묻은 음식을 먹겠습니까?"

"네? 그럼 이건…."

"고기이되 고기가 아니라 말씀드렸습니다."

안내자는 연신 살며시 웃음을 지었다.

"우리가 자연을 해치지 않을 때, 자연도 우리에게 그리하겠지요."

대체육에 대해 이렇게 비장하게 설명하는 것도 어려울 텐데, 나체주의인지 무엇인지 몰라도 역시 좀 희한한 사상을 가진 사람들이 만든 단체야. 어쩌면 이런 데를 그렇게도 잘 찾지? 도진과 그의 형이 들고 나타나던 가짜 건강식품들을 떠올리며 지겨움에 나도 몰래 머리를 가로저었다. 그리고 분홍빛 대체육을 한 조각 집어 입에 넣는 순간, 욕지기가 치밀었다.

"가족님, 왜 그러시지요?"

잔디밭 한쪽으로 달려가 콜록대며 속에 든 것을 게 워내는 내 등 뒤로, 안내자의 목소리가 아주 멀리 들리는 것 같았다. 그 여린 물질을 씹는 순간 선명히 느꼈다. 매일 밤 맡던 살냄새를. 도진의 냄새, 예서의 냄새, 그리고 엄마의 냄새. 또 느꼈다. 나이 차 나는 동생을 돌보던 때, 장난스레 발가락을 깨물었을 때 이에 닿던 감촉. 굳어버린 시신을 미친 듯이 어루만질 때 손끝에 닿던 차가운 피부. 그리고 그걸 씹는 순간, 내 귀엔 고막을 찢을 듯한 비명이 들렸다. 나는 덜덜 떨며 내가 토해낸 것을 멍하니 내려봤다. 거기엔 작고 하얀 조각이 하나 있었다. 흐려지는 눈에 힘을 주었다. 한쪽은 오돌토돌하고 한쪽은 삐죽 튀어나온 단면이 보였다. 그것을 본 일이 있었다. 어린 예서가 이를 갈던 때, 앞니 하나에 붉은 실을 친친 감아 문고리에 묶고 당겨주던 때, 작고 여린 잇몸에서 튀어나와 방바닥을 구르던. 뿌리에 핏자국이 남아 있는 자그만 유치를 멀거니 보는데, 귓가엔 계속해서 비명이 들렸다.

✳

"차 키 당장 꺼내."

나는 남편의 바지춤을 더듬으며 말했다.

"어디 있어?"

"진정 좀 해봐. 갑자기 왜 이러냐고!"

도진이 내 손을 뿌리쳤다.

"말했잖아. 여기 좀 이상하다니까!"

나는 도진에게 소리죽여 외쳤다.

"내 눈엔 지금 당신이 더 이상해 보여."

"뭐?"

"이상한 게 있으면 차근차근 얘기해서 풀면 될 것 아니야. 이런 데인 줄 모르고 왔어? 핸드폰도 소지품도 안 내고 자유롭게 하고 싶은 것 실컷 할 거면 이런 데 오면 안 됐지!"

"네가 오자고 했잖아!"

"너?"

"아무튼 당장 차 키 내놔."

"없어."

"뭐라고?"

"소지품 낼 때, 차 키도 다 냈어."

"하."

나는 양손에 얼굴을 파묻었다.

"그게 어디로 갈 줄 알고 차 키까지 남한테 넘겨!"

"자기는 발렛 할 때 차 안 맡겨? 그리고 여기가 남이야?"

"그거랑 이거랑 같아? 그리고 뭐라고? 남이냐고? 여기 직원들이 남이 아니면 대체 누가 남이야?"

"가족이라잖아!"

"가족은 우리 예서였고!"

"지금 그런 얘기를 해?"

"김도진. 나 참을 만큼 참았어. 내가 당신 여기 오자할 때 결국 들어주면서 그랬지? 거기 가서 이상한 것 시키거나 맘에 안 들면 바로 돌아오는 거라고. 왜 약속을 안 지켜?"

"대체 뭐가 그렇게 이상한데!"

도진도 작은 소리로 얼굴을 일그러트리며 외쳤다.

"보라고, 봐. 똑똑히 좀 봐. 당신은 이게, 소시지 속에서 나온 게 이해가 돼?"

나는 주머니 속 어금니를 꺼내 손바닥에 얹고 도진의 코 앞에 들이댔다. 뿌리에 선명한 핏기가 보였다.

"음식에 이물질 좀 나왔다고 갑자기 도망치자는 거

야? 입소 때 맡긴 짐도 안 돌려받고? 여기가 무슨 범죄 집단이야? 영화 좀 작작 봐!"

"말 다 했어? 영화는 당신이나 그만 봐! 매일 당신 머릿속에서 상영되는 영화 말이야! 무슨 보조식품 사 먹으면 병이 싹 낫고 어디 치료시설에 들어가면 마음이 싹 나아지고, 근사하게만 끝나는 당신 영화."

"……."

도진이 고개를 돌렸다.

"우리, 여기서 못 나가."

"못 나갈 게 뭐 있어?"

"…예진아."

도진이 내 손을 잡았다.

"여기, 회사에서 보내준 거야."

"뭐?"

내가 잘못 들었나 했다.

"휴가도 주고, 보상금도 후하게 주는 대신 여기서 확실히 쉬고 오랬어. 기왕 쉬는 거 회사에서 보내주는 곳에 가서 맑은 정신으로 돌아오라고."

"지금, 뭐라고 하는 거야?"

"여보, 우리 못 나가. 휴직 상담할 때 서류를 받았 어. 90일을 채우거나, 온전히 괜찮아졌다는 걸 증명받은 후에야 무별촌을 나오겠다고."

도진은 계속 말했다.

"내가, 거기에 사인했어."

"…그걸, 이제 말해?"

도진의 손을 뿌리칠 힘조차 없었다.

"누구 맘대로? 예서를 물류창고로 보낼 때도, 회사랑 보상금 협의하고 산재 처리하지 않기로 할 때도, 휴직하고 나까지 끌고 여기로 기어들어 올 때도 다 네 맘대로였지. 아, 그래. 내가 잊고 있었지. 언제나 다 네 맘대로였지. 내가 등신같이 그걸 따라줬지."

"그래서 처제 장례 잘 치러줬잖아!"

도진을 노려보는데 내 눈에 눈물이 차올랐다.

"제일 비싼 상조 쓰고, 영정 옆에 꽃도 한가득 둘러서 보내줬잖아. 봉안당에 비싼 자리 보내줬잖아. 그 돈 없었으면, 우리 그렇게 할 수 있었어? 다 같이 좋자고 한 일이잖아!"

"다 같이."

나는 도진이 한 말을 받아서 중얼거렸다.

"다 같이…."

도진을 쳐다보았다. 눈 앞이 뿌예 무슨 표정인지 알 수 없었다.

"누굴 위한 다 같이인데…? 거기, 예서도 있어?"

"…미안하다, 예진아. 근데 이왕 벌어진 일을 어떡해? 더구나 요즘 세상에 흡혈귀에 물려간 가족이 있는 사람들이 얼마나 될까? 회사에서도 그걸 아니까 특별히 관리해주는 거 아니야."

이왕 벌어진 일을 어떡해. 도진은 사측과 똑같은 말을 했다. 정신이 멍했다. 내 딸도, 흡혈귀에 물려 죽었어요, 말하던 이의 목소리가 떠올랐다.

"그러니까, 지금 여기가 그 회사에서 죽은 사람들 유족을 모아놓고 이빨 나오는 고기를 먹이는 데라는 거지. 내가 잘 이해한 게 맞니?"

"무슨 말을 그렇게 해? 다는 아니겠지! 아무튼, 회사에서 좋은 곳이라고 소개해준 곳이고, 돈은 조금 냈지만 영리단체도 아니잖아. 너무 날카롭게 보지 마."

"어디서 자꾸 비명 소리가 나고, 밤이면 귀신처럼 중얼대는 사람들이 있고, 여기서 만들고 먹는 음식들이 다 의심스러운데 날카롭게 보지 말라고."

"나누실 말씀이 많으신 모양입니다."

목소리 하나가 불쑥 끼어들었다. 나는 핏발이 선 눈으로 고개를 돌렸다. 안내자의 둥근 얼굴이 인자하게 웃고 있었다.

"지내시는 데 불편한 게 있으신지요."

순간 나는 도진의 눈에 반가운 기색이 스치는 걸 보았다. 그는 마치 자신을 구해줄 사람이라도 나타난 양, 눈을 반짝이며 고개를 쭉 뺐다.

"어이쿠, 안녕하세요. 저희 아내가 자꾸…."

기가 차 도진을 노려봤다. 도진은 나를 보지 않았다.

"반찬에서, 이런 게 나왔답니다."

도진이 말도 없이 내 주먹을 펼쳐 그 안에 든 유치를 뺏어 손에 쥐고 흔들었다. 작고 하얀 어금니를 되찾으려 팔을 머리 위로 들고 허우적거리는데, 삼베로 지은 안내자의 소매가 사그락 소리를 내며 나타나 도진의 손에서 가만히 그 이를 가져갔다.

"사람 이 같군요, 꼭."

"예, 어쩌다 그게 반찬에 들어간 모양인데."

안내자는, 손에 든 어금니를 이리저리 돌려가며 만지작거렸다. 그러면서 나를 빤히 바라보았다.

"죄송합니다. 이런 일이 있다니요."

그는 시선을 나에게서 떼어 제 손에 들린 이를 한참이나 보더니, 그것을 늘 어깨에 메고 다니는 작은 망태기에 넣었다.

"아시리라 생각하지만, 저희는 가능한 한 자연을 해

치지 않고 자급자족하는 삶을 바라봅니다."

어련하시겠어요, 말이 올라오려는 걸 참았다.

"그러다 보니, 고기도 도축을 하거나 공장제 콩고기를 사지 않지요. 모든 양식을 손수 마련하다 보니, 종종 이런 일이 있어요."

그는 다시 뚫어져라 나를 보며 말했다.

"양식을 마련하는 가족님들 중엔, 아주 어린 아이도 있고 어르신도 계시거든요."

그리고 가만히 다가와 내 귀에 대고 속삭였다.

"가끔 이가 빠지기도 한다, 이 말씀을 드리는 겁니다."

그는 한 발짝 물러서 내게 고개를 살짝 숙이더니 말을 이었다.

"모쪼록, 주의하도록 하겠습니다. 자칫하면 단단한 걸 씹어 다치실 뻔했군요. 그런데."

안내자가 까만 눈을 치뜬 채 입만을 크게 벌려 웃으며 물었다.

"그것 때문에 무별촌을 나가시려 했습니까?"

"어휴, 아닙니다. 약속한 게 있는데 저희가 어떻게 맘대로…."

도진은 손사래를 치며 호들갑을 떨었다.

"네."

나는 팔꿈치로 도진의 가슴팍을 밀치며 앞으로 나섰다. 안내자와 나의 눈이 똑바로 마주쳤다.

"그러려고 했어요. 이유가 이것뿐만은 아니지만요."

"⋯⋯."

안내자는 뜻밖에, 한참이나 다른 말이 없었다. 그러더니 대뜸 내 손목을 잡았다. 뿌리치려 하자, 손아귀에 강한 힘을 주었다.

"마음이 어지러우시군요. 그러면 잠시만 저를 따라 시간을 내주시겠습니까?"

이미 힘으로 나를 질질 끌면서 그가 말했다.

"보여드릴 게 있어서요. 보시고 나면, 이곳을 떠나고 싶은 마음이 사라지실 겁니다."

안내자가 나를 이끌고 간 곳은 자그만 시멘트 구조물 앞이었다. 쇠사슬에 몇 겹으로 채워진 자물쇠마다 그가 열쇠를 꽂고 돌리기 시작했다. 찰칵, 찰칵. 자물쇠가 하나씩 풀리고 무거운 철문을 밀자 드러난 것은 가파르고 좁은 계단이었다. 안내자가 먼저 계단에 한 걸음을 내딛고, 빙그레 웃으며 나를 올려다봤다. 나는 까마득한 밑을 바라보며, 지금이라도 내 팔목을 꽉 붙든 그의 손을 뿌리치고 도망갈지 고민했다. 그러는 사이에 그는 생각보다 강한 악력으로 내 팔을 그러쥐고는 한 칸 한 칸 층계를 내려가기 시작했다. 나는 굴러 떨어지지 않으려 비틀대며 뒤를 따랐다.

쿵.

그때 삽시간에 철문이 닫히더니 쩔그럭거리는 소리가 났다.

"뭐예요!"

나는 당황해 뒤를 돌아보았다. 밖에서는 쇠사슬을 거는 듯한 소음이 계속 났고, 문이 닫힌 통로는 아무것도 뵈지 않게 깜깜했다. 그때 갑자기 환한 빛이 피어올랐다. 눈을 찡그린 채 어렴풋한 풍경을 가늠했다. 어느새 내 팔을 놓은 안내자가 한 손에 성냥을, 한 손엔 성냥갑을 들고 서 있었다. 그는 이내 망태기 안에 성냥갑을 집어넣더니 양초가 우뚝 박힌 등불을 꺼내 거기에 불을 붙였다. 등잔불이 안내자의 얼굴을 비추었다. 털 한 올도 없이 둥그런 그의 얼굴이, 빛을 받아 붉게 일렁였다.

"안심하세요. 이곳은 기밀 구역이라, 다른 안내자가 저희를 보호해준 거랍니다."

"보호요?"

나는 폭이 좁은 계단 가 우툴두툴한 시멘트벽에 등을 납작 붙이고 물었다. 그는 그런 나를 보고 쿡쿡대며 웃음을 터뜨렸다.

"무엇을 겁내시나요, 가족님."

나는 벽에 비쳐 일렁이는 그의 그림자를 보았다. 나보다 체구가 작으나 어쩐지 단단히 단련된 여성의 몸이었다.

"무엇을 두려워하시나요. 그게 무엇이든, 가족님을 해치지 않을 겁니다."

목구멍으로 침이 꿀꺽 넘어갔다. 만약 이 밀폐된 공간에서 이 여자가 나를 해치려 한다면? 아니, 밑에 있는 지하실에 무엇이 혹은 누군가가 있다면? 나는 과연 대응할 수 있을까. 짧은 시간 동안 많은 생각이 그림자처럼 흔들렸다. 그 순간, 그가 등불을 내 얼굴 밑에 가까이 비추더니 한 손으로 다정히 내 어깨를 감쌌다.

"떨고 계시는군요."

나는 떨리는 팔뚝을, 다른 손으로 가만히 붙들었다.

"안심하세요. 제 앞에선 얼마든 떨어도 괜찮습니다. 하지만⋯."

그는 팔을 뻗어 계단 저 밑으로 불을 비추었다.

"저 밑에 가서는 그러시지 않는 게 좋을 겁니다. 악한 것은, 언제나 우는 사자처럼, 굶주린 흡혈귀처럼 떠는 마음을 노린답니다."

그가 다시 계단을 내려가기 시작했다.

"자, 따르시지요."

나는 고개를 올렸다 내리며 굳게 닫힌 문과 저 밑에 불을 들고 걸어가는 안내자를 번갈아 보았다. 결국, 내키지 않는 걸음으로 여자의 뒤를 따랐다. 밑으로 내려갈수록 은은한 불빛이 비쳐왔다. 마침내 마지막 층계를 밟고 지하실에 당도했을 때, 저절로 비명이 터져 나왔다.

"아악!"

너무 놀라, 입으로 손을 가린 채 그만 자리에 주저 앉아 버렸다. 좁은 코너를 돌아 지하실에 들어서자마자 보이는 정면 벽에는, 커다란 십자가가 걸려 있었다. 그리고 그 십자가에는… 사람이 매달려 있었는데, 아니, 나는 그것을 사람이라고 부르는 것이 온당한지 생각해야 했다. 거기에는 사람의 두개골, 그리고 피부가 반쯤 벗겨진 몸통, 거기에 정강이뼈가 얼기설기 이어 붙여진 채 못 박혀 있었다. 한쪽이 움푹 팬 두개골의 구멍에는 시신경이 덜렁대는 안구가 박혀 있었는데 양쪽 눈의 홍채 색깔이 달랐고, 성인의 것이 분명한 몸통에는 까맣게 쪼그라든 탯줄이 못으로 고정되어 있었다. 그리고 안구가 박힌 자리 위에는 속눈썹이 힘없이 매달린 살가죽이 성의 없이 핀으로 꽂혀 있었다. 나는 벌벌 떨며 땅을 짚고 앉은 채 뒷걸음질 쳤다. 온몸이 부들부들 떨렸다. 눈 앞이 새하얘지고, 떨리는 수준을 넘어서 근육이 몽땅 굳는 것만 같았다. 그때 따뜻한 손이 내 어깨에 얹어졌다.

"많이 놀라신 모양이군요."

나는 눈물이 그렁그렁한 눈으로 안내자를 올려봤다. 뭐라고 말을 하려 했는데, 턱이 덜덜 떨리며 이가 딱딱 부딪칠 뿐이었다. 안내자는 몸을 숙여 가만히 내 앞에 앉았다. 그러더니 내 등에 손을 얹고 가만히 쓰다듬었다. 십자가를 보고 미친 듯이 가빠지던 호흡이 조금씩 가라앉을 때, 그가 내 귀에 대고 말했다.

"놀라셨지요, 놀라셨을 겁니다. 누구나 그렇습니다. 처음엔 누구나 그러해요. 저도 그랬습니다."

그는 숨을 한번 후욱, 들이쉬더니 다시 속삭였다.

"사람은 누구나 죽지요. 거기 정해진 때 같은 건 없는 겁니다. 태어난 지 3개월 된 아기도 죽고, 90년을 산 노인도 죽어요. 그런데 그렇다고 해서 내가 아끼는 이가 죽었을 때 아무렇지 않은 사람이 어딨겠습니까? 저도, 소중한 이를 잃은 적이 있어요."

그가 나를 안은 손을 풀고 조금 물러났다. 나는 멀

거니 그를 바라봤다. 이젠 내가 느끼는 것이 두려움인지 무엇인지 알 수 없는 멍한 눈 밑으로 눈물이 한줄기 흘렀다. 그가, 슬픈 미소를 짓더니 손을 들어 내 뺨을 닦아주었다.

"가여워라…"

그가, 그렇게 말했다.

"가엾지요. 우리는 모두 가여운 존재입니다."

그가 내 손을 토닥였다. 손등 위로 눈물이 후드득 떨어지고, 갑자기 울음이 북받쳤다. 나는 등을 들썩이며 울기 시작했다.

"소중한 이를 먼저 떠나보낸 슬픔을, 그 누가 이해하겠습니까? 없지요, 없어요. 적어도 이 세상엔 그런 존재가 없습니다. 저는, 그걸 너무도 잘 압니다."

그러곤, 그가 갑자기 차가워진 목소리로 말했다.

"하지만, 분명히 존재하는 것도 있지요. 누가, 우리에게서, 그토록 사랑하던 가족을 뺏어갔습니까? 누가 그랬지요? 누가, 짐승처럼 괴물처럼 울부짖으며 작은 몸의 고혈을 앗아갔나요?"

안내자는 내 양쪽 뺨을 부드럽게 훑다가, 양손으로 꽉 잡고서 들어 올렸다. 십자가가 매달린 정면을 향해. 눈을 질끈 감았다. 그가 손가락으로 내 눈꺼풀을 들어

올렸다.

"보세요, 똑바로 보세요! 작고 여린 몸으로 먼지 가득한 창고에서 다리를 주무르며 일하던 가족님의 가족을 해친 자의 말로를! 감히 우리의 목덜미에 송곳니를 박아넣던 존재가 어떻게 되었는지, 똑똑히 보셔야 합니다!"

나는 오열하며 끔찍한 십자가를 바라보았다. 저것이 설령 진짜 예서를 해친 그 흡혈귀더라도, 통쾌한 기분은 들지 않았다. 눈물이 고였다 흘러내릴 때마다 거기 못 박힌 몸뚱이가 흐려졌다 선명해지기를 반복했다. 정신없이 눈을 깜빡이는데, 그가 다시 부드러운 손길로 내 뺨을 어루만졌다. 그리고 속삭였다.

"그제야 우리는, 더는 슬프지도 그립지도 두렵지도 않을 수 있습니다."

미쳤군, 완전히 미쳤어. 도리질을 치는데, 그가 내 턱을 쥐고 십자가를 향해 치켜들었다.

"어떠세요, 지금도 아까처럼 두려우십니까?"

"⋯⋯."

할 말이 없었다. 턱 밑으로 눈물이 뚝, 뚝 떨어졌다.

"저게, 흡혈귀의, 그러니까 흡혈귀의 사체인가요."

겨우 질문을 내뱉었다.

"이제 바로 보이시는군요."

그가 입을 크게 벌리며 활짝 웃었다.

"아아, 드디어 눈이 열리신 겁니다. 그런즉 이제 보는 것은 전과 같지 아니하리니."

그는 중얼대며 십자가 앞으로 걸어갔다. 그리고 거기 달린 두개골을 어루만졌다. 아까 나에게 했던 것처럼.

"우리가, 하나가 되어 드디어 온전해진 우리가 우리 곁에서 무엇을 몰아냈는지 보이시나요. 그렇지요, 우리를 슬프고 두렵게 하던 바로 그것이지요. 그걸 깨달으셨으니 모든 눈물과 한숨의 나날은 바람처럼 떠나갔습니다. 더는, 더는 아프지 않습니다."

감탄하듯 중얼대던 안내자가 홱, 돌아서 내게로 걸어왔다.

"그리하여 다, 지나갔습니다. 그리고 이젠 이별을 떠나보낼 차례입니다."

그는 내 곁에 붙어 꿈꾸는 눈빛으로 십자가를 바라보며 말했다.

"그러므로 끝은, 새로운 시작입니다. 우리는 끝내⋯ 자유로워질 겁니다. 어떤 이별로부터도."

흔들리는 눈으로 불빛 아래 흔들리는 그와 눈을 맞추면서, 나는 차마 묻지 못했다. 희미한 조명 아래, 이

지하실 벽을 빼곡히 채운 선반 위 유리병들에 담긴 용액 속 물체들이 무엇인지. 사람의 손가락과 치아와 잘린 머리를 닮은 저것들이 대체 무엇인지. 그것들 또한 흡혈귀의 것이라고 당신은 답할지. 그리고… 어째서 저 십자가에 못 박았다는 흡혈귀의 몸 가운데도 탯줄이 섞여 있는지 말이다. 분명 흡혈귀는 임신을 할 수 없다 전해지는데. 그때 그가 내 앞에 다시 무릎을 꿇었다.

"저희를 믿지 못하신 까닭을 압니다."

나는 파르르 떨리는 눈꺼풀로 그를 보았다.

"왜 이곳에 오래 머문 이들은 하나같이 속눈썹도 머리칼도 없는지, 왜 누군가는 헐벗고 산속을 헤매는지, 어찌하여 가족님의 회사에서 이곳을 안내하였는지."

움찔 놀라 입술이 떨렸다.

"가족님, 다시 말하지만, 그 아픔을 누가 다 알겠습니까. 그 황망함을, 또 세상을 벗어나 무별촌을 만났을 때의 낯섦을 누가 감히 다 헤아리겠습니까. 사랑하는 이를 떠나보낸 회사에 느꼈을 거대한 분노는 또 어떠한지요."

그가 가만히 내 손을 잡았다.

"하지만, 저만은 조금은 압니다. 다른 아무도 몰라

도 저는 압니다."

잡은 손에 힘이 들어갔다.

"저 또한, 같은 경험을 했으니까요."

그리고 내 뺨을 움켜쥐며 속삭인다.

"그러니, 좋든 싫든 우리가 한 가족이 되어야 하지 않겠습니까?"

날카로운 손톱이 살갗으로 파고들었다.

타닥, 타닥, 타닥. 짧은소리와 함께, 감은 눈꺼풀 너머로 환하고 푸른빛이 강렬하게 번쩍였다.

"절대 눈을 뜨시면 안 됩니다."

내 손을 꼭 잡은 안내자가 연이어 경고했다. 눈부심과 엄청난 통증에 등허리가 움찔대며 떠오르고 눈꺼풀이 열리려 할 때마다 그가 내 눈꺼풀을 꾸욱 눌렀다.

그는 내게, '진정한' 가족이 되려면 몇 가지 절차를 밟아야 한다고 했다. 그 첫 번째는 속눈썹을 반영구적으로 제모하는 것이었다. 더는 마음 아파 울 일이 없을 테니 눈물이 매달릴 속눈썹 역시 필요가 없다며. 쿵쿵쿵, 기계를 든 안내자 몇이 군대처럼 지하실로 밀려 들어왔다.

"놔… 이거 놔!"

두 명은 발버둥치는 내 사지를 잡고, 다른 둘은 내 입을 틀어막고, 다른 하나는 빛으로 내 속눈썹을 불태울 준비를 했다. 캄캄하고 적막한 지하 공간 안, 반쯤 넋이 나간 상태에서 모든 일이 이루어졌다. 소용없는 몸부림을 치면서 깨달았다. 이것이 꿈이라면 분명 악몽이구나. 걷는 것처럼 발밑에 땅이 잘 느껴지지 않았다. 그저 붕 뜬 것 같았다. 도무지 이 상황을 이해하기가 어려웠다. 내가 왜 이런 짓을 당해야 하지. 그저 동생을 잃고 슬퍼했다는 이유로. 멍청한 남편에게 이끌려 이 빌어먹을 곳에서 무얼 하고 있냔 말이다. 이 짓이 끝나면 내보내주겠지. 그럼 무별촌을 뜨자. 서울로 돌아가, 숨죽이고 울지 말고 지내자. 더는 남편이란 작자에게도 아니 그 누구에게도 어떤 치부도 약점도 연약한 슬픔도 들키지 않고 살아가면 되리라. 시린 눈을 타고 눈물이 주룩 흘렀다.

안내자는 말했다. 그것은 깨달음의 눈물이요 구원의 기쁨으로 인한 눈물이라고. 그리고 나는 부축일지 연행일지 모를 것을 당하고서 지옥 같던 땅 밑에서 지상으로 올라왔다. 햇빛이 너무 눈부셔 질끈 감긴 눈을 팔로 가렸다. 김도진, 네가 차 키를 안 주겠다면 내가 찾아내마. 네가 여기가 그리 좋다면, 나라도 먼저 이곳을 떠나리라. 되뇌다 보니 눈이 차츰 빛에 다시 익숙해졌다. 부스스 눈을 뜨자 희끄무레한 시야가 차차 밝아지고 주변이 눈에 들어왔다. 안내자들이 나를 내려놓은 곳은, 처음 이곳에 올 때 우리가 차를 대놓았던 공터였다. 고개를 들어 사위를 둘러보는데, 멀리 익숙한 실루엣이 보였다. 도진이었다. 도진은, 차를 부수고 있었다. 제 몸통만큼 육중한 해머를 들고서, 우리가 타고 왔고 타고 나가야 할 우리의 차를. 둔기를 휘두르는 도진의 얼굴을 보았다. 빛 없는 눈이, 도진 같지 않았다. 그건 정말 도진 같지 않았다. 종종 그가 다른 사람처럼 느껴질 때가 있었지만, 이번엔 그것과 또 달랐다. 대출을 끼고 산 우리의 소중한 중고차가, 예서를 일터로 보내면서까지 지킨 우리의 차가, 도진의 손아래 날카롭게 부서지고 납작이 찌그러졌다. 마침내 도진이 해머를 내려놓고 숨을 고를 때, 그제야 도진의 팔이 눈에 들어왔다. 도진의 팔은 가늘게 떨리고 있었다. 예서가 죽고 나서 잠들지 못하던 밤에 자주 보던 모습이었다. 핑, 눈 앞이 하얘지고 귀에 이명이 들리며 주저앉았다. 도진의 곁에 둘러서 있던 사람들은, 그와 힘을 합쳐 완전히 망가진 쇳덩이가 된 차를 절벽 밑으로 낑낑대며 떨어트렸다. 쿵, 쿵, 쿵. 굉음이 나고 파편이 위험하게 튀어 오르는 풍경을 그들은 기쁨으로 이글거리는 눈으로 바라보고 있었다. 꼭, 불꽃놀이를 보는 얼굴이었다. 그때 안내자가 내 팔을 잡고 거칠게 일으켜 세웠다. 그는 내가 여기 온 후 들은 적이 없는 차가운 목소리로 말했다.

"강해지셔야지요. 이제 더는 평범한 세상 사람이 아니지 않습니까?"

나는 가슴을 들썩이며 숨을 골랐다. 그리고 도진과 눈이 마주쳤다. 남편의 텅 빈 동공은, 진정 나를 보고 있는지 알 수 없었다. 차가 부서지고 언덕 아래로 굴러 떨어질 때 내 안에서도 파삭, 무언가 부서지는 소리가 났다. 그건 무엇이었을까. 도진이 비틀대며 이쪽으로 걸어왔다.

"여보."

텅 빈 눈으로 도진은 중얼댔다.

"내가, 옛것을 파훼했어. 이 손으로, 저 밑 세상의 슬픔과 더러움에 연결되던 질긴 줄을 말이야…"

머릿속에 어떤 낱말도 떠오르지 않았다. 바르르 떨리는 양손을 들어 보이던 도진이 말했다.

"이제 더는 세상에 묶이지 않아도 돼."

털썩, 나는 다리에 힘이 풀려 주저앉았다. 씨발. 소

리 없이 내뱉었다. 이젠 정말 부정할 수 없었다. 나는 여기, 무별촌에 갇혔다.

다음 날 안내자는, 도진과 나를 작고 네모난 건물 안으로 데려갔다. 우리는 그 앞에 나란히 무릎을 꿇고 앉았다. 나의 경우 꿇렸다는 게 더 적절한 표현이겠으나. 그가 자그만 도자기 찻잔 두 개를 내왔다. 거기엔 검붉은 액체가 담겨 있었다. 이어서 그는 쟁반에 받쳐 온 하얀 떡 두 덩이를 유기그릇에 담긴 보글대는 효소에 담가 도진과 내 손에 각각 쥐여주었다. 포슬포슬한 쌀떡을 입에 갖다 대는데, 귓가에, 아니 머릿속에, 작은 비명이 들리는 듯하더니 이내 사라졌다. 그 소리가 꼭 어느 때 꿈결에서 들은 것 같았지만 생각은 더는 이어지지 못했다. 도진이 쓸데없이 결연한 표정으로 잔을 들어 입에 댄 순간 안내자가 내 턱을 그러쥐고 내 입에도 잔을 댔기 때문이다.

"컥, 쿨럭."

진득한 액체가 벌려진 입안으로 흘러들어와 식도와 기도로 넘어갔다. 짜고 비릿했다. 지독하게 그랬다. 그때 문이 열리고 초를 든 사람들이 들어오기 시작했다. 족히 열댓 명은 되는 인원이 다 들어오고서야, 그들은 일렬로 늘어서 우리를 보고 빙그레 웃어 보였다. 그리고 노래를 시작했다.

— 피를 나눈 형제여, 환영합니다.

안내자가 말했다.

"같은 피를 나눠마셨으니, 이제 진짜 한 가족이 되신 겁니다."

"피요…?"

"왜, 모르신 것처럼 말씀하시나요? 썩어 없어질 흡혈귀의 육신으로 귀한 효소를 담그고 무엇도 해치지 않는 고기를 만들고 그들이 우리에게 했듯 피를 뽑아 나누어 마신 걸요. 여기 오시던 날부터, 바로 조금 전까지."

그가 차가운 손을 들어 내 뺨을 어루만졌다.

"어떻던가요, 흡혈귀의 피의 맛은."

— 이제 우린 돌아가지 않으리."

"달고도 쓰지요? 앞으로 함께할 나날도 그럴 겁니다."

— 다신 돌아가지 않으리. 타락한 저 세상에….

무별촌에서의 나날이 속절없이 지나갔다. 어느새 아침체조, 집단상담, 미술치료와 음악치료 및 명상 등의 프로그램으로 돌아가는 일주일 일과가 몸에 익었다. 그리고 익숙해진 내 몸짓을 느낄 때마다 나는 몰래 구역

질을 삼켰다. 도진과 함께 안내자가 건넨 피를 나눠 마시고 돌아오던 날, 같은 방을 쓰는 이들은 나를 보고 환하게 웃으며 손을 잡고서 말했다. 얼굴이 밝아졌다고. 새 빛이 돈다고. 이제 새사람이 된 것이라고. 새사람. 그 말 앞에 입술을 달싹여보았지만 아무 소리도 나오지 않았다. 어지러이 방 안을 헤매던 내 시선이, 저 구석에 오도카니 서 있는 자그만 얼굴에 가닿았다. 나를 둘러싸고 손을 흔들고 감격에 겨워 축복이라도 내릴 기세인 사람들 뒤에서, 윤정만이 슬픈 눈빛으로 나를 보고 있었다. 윤정. 그 애의 이름은 그것이라고 했다.

"예쁜 이름이네."

"너무 흔한걸요."

그렇게 말하며 그 애는 얼굴을 조금 붉혔다.

"내 이름도 그래."

픽, 웃는 그 애를 슬며시 쳐다봤다.

"흔하다고 나쁜 게 아니야. 왜, 사람들은 그러더라. 이름을 흔하게 지어야 오래 산다고."

"하하, 우린 오래 살겠네요."

"…좀 더 흔하고, 단단한 발음으로 짓자고 할걸."

"네?"

"……."

윤정을 보려고 들어 올리던 고개가 나도 모르게 밑으로 떨어졌다.

"윤정아."

"네, 언니."

"예서라는… 이름은, 얼마나 흔한 것 같아?"

빠져들면 순식간에 길을 잃는 옛 기억에 막 발을 내딛는 순간, 조용히 말이 없던 그 애가 내 옆에 가만히 다가앉았다.

"우리 엄마도, 나 오래 살라고 이름을 이렇게 지었을까요?"

내 어깨에 머리를 기대고서, 윤정은 처음 듣는 낮은 목소리로 물었다.

"아마 그랬을 거예요. 엄마는 좋은 건 다 나한테 주고 싶어 했으니까."

눈가를 타고 또르르 흐르는 눈물을 손바닥으로 비벼 닦고서 잠긴 소리로 덧붙였다.

"아빠가 죽고 얼마 안 돼서 엄마도 사고를 당했어요."

나는 말없이 윤정을 끌어안았다. 손끝으로 작은 등의 떨림이 전해졌다.

"가끔은, 모든 게 이상해요. 정말 이상해요. 흡혈귀

에 물렸다고 무조건 다 죽는 건 아니라는데. 치사율이 70퍼센트라는 건, 그럼 30퍼센트는 사고가 나고도 살아남는다는 거잖아요? 그런데 왜 우리 엄마랑 아빠는, 그냥 그렇게 죽어버렸을까요."

멈칫, 윤정의 등을 쓰다듬으려고 든 내 손이 허공에서 머뭇거렸다.

"왜 하필 엄마랑 아빠였을까요. 남들보다 열심히 일한 것뿐인데. 밤엔 흡혈귀가 나온대도 남들 대신 밤까지 일했을 뿐인데."

더는 울지 않는 윤정의 등이 크게 오르내렸다.

"어쩌면 나를 조금 덜 사랑했더라면, 엄마는 그렇게 죽지 않았을까요."

나는 떨리는 양손으로 윤정의 뺨을 들어 올렸다. 크고 그렁그렁한 눈이 나를 올려다보았다.

"죄송해요. 제 이야기만 해서요."

예서가 누구냐고 묻지 않아줘서 고맙다고 답하는 대신 나는 말했다.

"열아홉은 그래도 돼. 어른에게 미안해하지 않아도 되는 나이야."

"언니 같은 친언니가 있었으면 정말로 좋았을 것 같아요."

그 애가 웃는지 우는지 알 수 없는 표정으로 발끝을 세워 땅을 긁어내며 말했다.

"그랬으면, 엄마가 죽고 슬퍼한다고 이런 데 보내지는 대신 둘이서 잘 의지하고 살았을 것 같아요."

"……."

그 애 소매 밑으로 팔목에 가로로 죽죽 그어진 흐린 흉터가 보였다. 나는 윤정의 옷 끝을 잡아 살며시 내려주었다. 서쪽으로 넘어가는 해를 바라보며 생각했다. 그러게, 네 말대로 참 이상하지. 이 좁은 땅 다른 곳에선 모조리 사라진 흡혈귀가 왜 하필 가장 열심히 일하는 사람들이 있는 회사에서만 다시 나타나기 시작했을까.

정부에서 팬데믹, 다시 말해 흡혈과의 전쟁이 끝났다고 공식적으로 선언한 후 흡혈귀가 산발적으로 출몰한 장소는 하나같이 누군가의 일터였다. 회사의 이름은 각각 달랐지만 공통점은 있었다. 도진이 속한 안현그룹의 자회사 혹은 계열사. 윤정의 부모도 그중 하나에서 일했을 것이었다. 조금의 야간수당을 벌기 위해 흡혈귀가 나온다는 밤 시간 남들이 꺼리는 근무를 하며. 사태 재발에 대해 진상을 조사해달라는 목소리들은 시간이 흐를수록 시들해졌다. 세상엔 새로운 사건이 끝없이 일어났고, 희생자들의 일터는 너무 작았다. 사람들은, 이제 안현그룹의 소규모 하청업체나 자회사의 블루칼라 노동자가 아니면 흡혈귀에 물릴 일이 없다는 사실을 알아차렸다. 나의 가족과 친구는 안전했다. 사고가 밤에만 일어난다는 사실이 확인되며 야간 근무는 자발적으로 택한 사원들에게만 지시 가능하다는 권고는 일종의 사인이었다. 모두 안전한 일상으로 돌아갔다. 슬픔을 기억하는 사람들은 그 속에서 허우적대며 병원이나 골방을 떠도느라 여력이 없었다. 할 수 있는 건 오직 그 끝에 겨우 이 산 속으로 끌려와 한 데 켜켜이 쌓여 잠드는 것이었다. 우리는 자꾸 세상에서 멀어졌다. 거기에 우리 자리는 없어서. 모두 안온한 오늘을 살며 내일을 그리는데 어제의 비극에 잠긴 사람들은 방해가 되어서. 그래서, 더는 누구도 묻지 않았다. 이 새롭고 유구한 죽음에 대해.

새 입소자의 손목엔 크고 푸른 꽃이 새겨져 있었다. 꽃잎 밑으론 여섯 개의 숫자가 문신을 완성했다.

"딸을 잃었대요."

집단상담을 다녀온 후 같은 방 사람이 전한 말을 듣고서 자꾸만 그 숫자가 눈에 들어왔다. 3년 전 이맘때. 어느새 내 눈엔 자꾸만 문신 속 숫자가 출생연월일로, 푸릇한 꽃송이는 탄생화로 보이기 시작했다. 세 살. 추측이 맞는다면 여자의 아이는 많아봐야 그 정도 나이에 삶을 마쳤을 것이다. 그리고 그것이 사실이라면, 최근 발생한 영유아 흡혈 사망자들과 같은 연유로 사고를 당했으리라.

"남편이 아이를 물었어요."

입소하고 한동안 침상 위에 무릎을 세우고 앉아 쾡하니 허공을 바라보던 여자는, 어느 날 그렇게 말했다. 여느 때처럼 먹지 않는 그에게 매일 자리로 식사를 갖다주고서 침상 정리를 하던 때였다.

"……."

대답을 하지도, 돌아보지도 못한 채 나는 뒤돌아 이불을 만지던 손을 꼭 쥐었다.

"허옇게 뜬 얼굴로 평소처럼 퇴근해서 저녁을 먹더니, 조용히 방으로 들어갔어요. 아픈가 걱정돼서 약을 찾고 있는데 엄마, 찢어지게 우는 소리가 나데요."

이불을 침대에 떨어트리고 천천히 굽혔던 몸을 폈다.

"뛰어갔는데, 바로 뛰어갔는데… 남편이 애기 목을

물어뜯고 있었어요. 놀아달라고 아장아장 아빠한테 간 두 돌배기 목을, 내가 낳은 제 새끼를…."

여자는 허공을 향해 눈을 부릅뜨고 소리 없이 흐느 꼈다.

종종 흡혈귀에 물리고도 살아남는 사람들이 있었 다. 다만 그들은 24시간 안에 빠르게 인지능력을 잃어 갔고, 야생의 동물처럼 곁에 있는 사람을 공격하기 시 작했다. 첫 번째 희생자는 대개 그들의 아이였다. 자식 을 위해 위험을 무릅쓰고 조금 더 일하던 사람들이 제 자식을 물어뜯은 후 사살됐다. 언론을 통해 알고 있는 사실은 여기까지였다. 나는 그 이후의 이야기를 목격하고 있었다.

"운명이 그런 거지, 뭐."

산책 중 마주친 도진에게 자식을 물고 죽어간 사람 들에 대해 이야기를 꺼냈을 때 돌아온 답은 그러했다.

"일어난 일은 어쩔 수 없어. 우리한테 남은 건 앞으 로의 미래뿐이야."

기가 차 말이 나오지 않았다. 대신 멍하니 그 얼굴 을 노려보았다. 시간이 갈수록 도진은 더욱 낯선 사람 이 되어갔다. 안내자들과 가까이 붙어 다니며 토실토

실 살이 오르고 혈색이 돌아온 채 웃음을 띠고 돌아다니는 모습을 보자면, 너는 예서가 죽어서 여기 온 게 재밌니? 외치지 않으려 이를 꽉 물어야 했다. 하지만 이 정도라니. 좀 멍청하고 현실감각이 없긴 했지만 적어도 최소한의 연민은 있는 인간인 줄 알았는데.

"미래? 어떤 미래? 우리를 기다리는 미래가 뭔데?"

"역시 자기는 그걸 물어봐 주는구나."

히죽 웃는 도진의 저 앞니를 쥐어박고 싶었다. 여전히 눈치 없는 것을 보니 내가 아는 그 남자가 맞긴 한 모양이었다.

"있지, 들어봐. 나는 이제⋯."

"아, 여기 계셨군요."

그때, 목소리 하나가 대화 사이를 가르며 날아왔다. 둥근 머리에 기분 나쁘게 인자한 미소.

"안내자님."

도진이 손을 모아 그 앞에 인사했다.

"가족님을 찾아 한참을 헤매었습니다."

"저를요? 그 말씀은 설마⋯."

"그래요. 때가 되었습니다. 그분을 뵈러 갈 때가요."

안내자의 말에 도진은 어린아이처럼 눈을 반짝이며 어떤 되물음도 없이 그의 뒤를 따라나섰다. 이건 또 무슨 상황이람. 어처구니가 없는 채로 그들이 걸어가는 뒷모습을 멀거니 보고 있는데, 안내자가 우뚝 걸음을 멈추더니 뒤를 돌아 나를 보았다.

"함께 가시겠습니까?"

무별촌에 이렇게 안락하고 쾌적한 공간이 있었던가? 지도자의 방이라는 곳에 들어갔을 때 처음 든 생각은 그러했다. 무별촌 안에서도 깊은 안쪽에 위치한 작은 양옥. 그곳의 3층 전체를 차지하는 공간이 지도자의 방이라고 했다. 내가 머무는 숙소처럼 임시막사 수준이거나 열악한 가건물이 아닌, 채광이 잘 드는 창과 멀쑥한 난방시설이 갖춰진 곳. 바닥은 심지어 대리석이었다. 이 산속에 이런 건축물을 지을만한 기술자가 있다니, 새삼 놀라웠다. 그 안에 따로 마련된 여러 방 중 기도실에서 나올 거라는 지도자를 맞이하기 전, 안내자는 내게 무릎 꿇고 이마를 땅에 댄 채 엎드리라고 일렀다. 그리고 자신도 내 옆에 무릎을 꿇고 엎드렸다. 한참을 그러고 있어도 지도자라는 사람은 나올 기미가 보이지 않았다. 고개가 아파 머리가 살며시 들리는데, 안내자가 손으로 내 뒷목을 꾸욱 눌렀다.

"고개를 드시면 안 됩니다. 그분의 얼굴을 바로 뵈면 안 돼요."

왜 그래야 하지요, 나오려던 물음을 억지로 씹어 삼켰다. 세상에서 가족이었던 나와 동행하는 것이 좋으리란 안내자의 말에, 도진은 내키지 않는 표정으로 내 팔목을 잡았다. 나라고 같이 가고 싶은 줄 알아? 하지만 대체 '그분'은 누구인지, 여기서 무슨 일이 일어나고 있으며 도진은 어디를 향해 성큼성큼 걸어가는지 내 눈으로 확인하고 싶은 마음도 있었다. 그렇게 불안과 의구심을 꾹꾹 눌러 숨긴 채 도착해 마주한 풍경은 겨우 이것이었다. 누군지도 모르는 인간 앞에 머리를 조아리고 바라보는 하얗고 아득한 바닥.

"아, 그대들이 바로 그들이로구나."

주름진 발이 내 눈 앞에 나타난 것은 시간이 꽤나 흐르고서였다. 날카롭게 갈라지고 쉰 목소리였다. 그 말과 함께, 두텁고 차가운 손이 엎드린 내 머리에 손을 얹고 힘을 주었다.

"다 지나가리니, 지나가리니, 누루나타 니르나타."

얼굴 모를 지도자는, 내 머리에 손을 얹고 힘을 줘가며 기도문 같은 것을 낮게 읊조렸다. 그러더니 손은 이내 내 등으로 옮겨갔다. 본능적인 거부감에 움찔,

몸을 피했다. 그러나 주름지고 거센 손은 짐짓 단호하게 내 등을 다시 짓눌렀다.

"선택받은 가족이여."

그가 나를 그렇게 불렀다.

"평안할지니. 불타고 아스러지는 이 세상을 이기고 평안할지니. 그리하여, 내가 맡길 사명을 감당할 수 있을지니."

그는 내 등가죽을 잡고 사방으로 문지르며 그렇게 읊었다. 가슴이 쿵쾅거렸다. 나는 그의 얼굴을 모르는데, 그는 내 몸에 거리낌 없이 손을 댔다. 그러나 이 상황에 떨치고 일어나 화를 내거나 벗어날 수는 없다는 생각이 들었다. 속으로 그렇게 중얼대며, 나는 우리가 타고 온 자그만 차를 부수던 도진의 손짓을 기억했다. 갑자기 눈 앞이 깜깜했다.

"그대여. 여인을 거느린 남자여."

거칠게 쉭쉭대는 목소리로 발걸음을 옮긴 그가 이번엔 도진에게 말했다.

"그대가, 이 선택받은 자 중에서도 선택받은 자라는 것을, 익히 들어왔구나. 이제, 그것을 증거할 시간이야."

그는 한쪽 발로 내 팔을 지그시 밟고서 속삭였다.

"아직 눈이 덜 트인 가족들을 위해."

"그렇습니다, 그렇습니다."

도진이 옆에서 몸을 떨며 중얼거렸다.

"무엇을 증거해야 하나, 그리 생각하고 있겠지?"

지도자가 내 속을 꿰뚫은 듯 말했다.

"그대는 이곳에서 무엇을 깨달았는가?"

"…인간의 영혼이 얼마나 강인하고 고결해질 수 있는가, 깨달았습니다."

도진이 뇌까렸다.

"흠."

그는 바로 답을 하지 않았다.

"그렇지, 영혼은 고귀하지. 그런데 우리는 어째서 저 밑의 세상에서 그리도 고통스럽고 남루하며 흉측하게 살아왔을까?"

"세상에 판치는 악한 무리들을, 분별할 눈이 없었기 때문입니다."

살면서 단 한 번도 생각해보지 않았던 말이 도진의 입에서 줄줄 나왔다. 그러더니 갑자기 짐승처럼 통곡 같은 울음을 터트렸다. 나의 이마에선 식은땀이 콧날을 타고 흘렀다.

"그렇구나, 그렇지. 무엇이 악한지 알아볼 눈이 없어, 그것들을 몰아내지 못하고 이웃인 양 살면서 그것들에 물들고 잡아먹혔지. 그런데 무별촌에선 어찌하여 그러지 않을 수 있을까? 무엇이 우리 눈을 가린 탁한 막을 걷어내었을까?"

도진은 이번엔 한참이고 답이 없었다.

"……."

그때, 지도자가 발가락으로 내 한쪽 손목을 움켜쥐고 흔들었다.

"육체에 속았기 때문이야. 썩어 문드러질 허물에 불과한 육신이, 피 흘리고 바스러지고 끝내 문드러져 악취를 풍기는 허약한 육신이, 우리라고 믿었기 때문이야. 허상이 실체라 속아 넘어가고, 육체의 정욕이 이끄는 대로 그저 한 몸의 안락함과 행복만을 바랐기 때문이야."

지도자가 이번엔 다시 내 귀에 대고 차가운 숨을 뱉으며 말했다.

"가족이여, 그대는 어떠했는가? 그저 뱃속이 시키는 대로 주린 배를 채우고 시린 등을 따뜻하게 해주며, 머리가 시키는 대로 죽음 앞에 서러워하고 영원한 진리 앞에 세상의 논리를 대지는 않았나?"

나는 잠시 숨이 멎었다. 지도자가 말을 이었다.

"나는 그러했네. 육신의 핏줄로 엮인 가족을 잃었

다는 이유로 울부짖던 때 나는 그저 저 초라하고 지저분한 땅에 속한 사람이었네. …그런데 지금의 나를 보게. 그대들과 같은 몸을 지녔으나 같은 몸이 아닌 나를 보게."

지도자는 그렇게 말하곤, 내 관자놀이를 꽉 쥐고 손바닥으로 양 눈을 덮으며 지시했다.

"가게. 가서, 너절한 육신을 넘어 고귀한 영혼으로 묶인 형제자매들에게 말하게. 아니, 보여주게. 그대가 더는 육체의 노예도, 이 땅과 현실의 노예도 아니라는 것을, 그리하여 마침내 죽음마저 이겨냈다는 것을."

그때 내 입술에 차갑고 축축한 것이 닿았다. 그리고 손가락 하나가 내 입술을 벌려 그 안으로 무겁고 서늘한 액체를 흘려 넣었다. 아, 혀에 닿는 순간 알았다. 저번과 똑같다. 피다. 무언가의 피다. 비릿한 맛이 입안을 가득 채웠다. 몸서리쳐보지만 진득한 액체는 저번과 같이 속절없이 쳐들어왔다. 다만 이번엔 더 세게 입술을 다물었다. 남은 핏물은 목구멍 대신 내 부르튼 입술을 훑고 턱으로 떨어졌다. 흡혈귀 피의 맛은 어떠하던가요, 안내자의 지난 물음에 답하듯 도진은 옆에서 가쁜 숨을 몰아쉬며 중얼댔다. 안내자님. 비릿해요, 비릿하고 진득합니다.

"피를 나눈 형제여."

지도자는, 탄식하듯 내뱉으며 내 뺨을 그러쥐었다.

"그대는 아직, 구원받지 못하겠구나."

지도자라는 사람이 물러가고, 안내자는 우리 부부를 이끌고 밖으로 나섰다. 중력이 없는 곳을 걸어가듯 현실감이 없었다. 뭐지? 방금 있었던 일이 대체 무엇이지. 괴상한 노인네가 나타나 내 몸을 짓밟더니 죽음을 이겨내란 말을 하다니. 혼란스러워하는 사이 도착한 곳은 무별촌 입소자 모두가 모여 수양을 할 때 쓰이는 강당의 뒷문이었다. 안내자의 손에 떠밀려 문 안으로 들어서자, 강당을 빼꼭히 채워 앉은 사람들이 보였다. 먹먹한 귓속으로, 등을 떠미는 안내자의 목소리가 물속에서와 같이 들렸다. 가시죠, 저와 함께 가시지요. 어서 올라가세요. 멍한 상태로 삐그덕대는 나무계단을 밟아 올라선 단상은, 밑에서 보던 것보다 훨씬 높았다. 거기 올라서 나는 새까맣게 모인 사람들을 내려다보았다. 그 속에서 윤정과 아이 잃은 여자의 얼굴을 찾으려 애썼다. 보이지 않았다.

"어여쁜 가족님들."

안내자가 마이크를 잡고 입을 열었다.

"오늘은 특별히, 우리에게 깨달음을 주실 분을 모셔 왔습니다. 누구냐고요? 저와 같은 안내자가 아닙니다. 바로 어제까지, 여러분과 같은 평범한 가족이었던 분입니다."

그러더니 안내자는 빙그레 웃으며 손짓으로 도진과 나를 불렀다. 한 걸음도 움직이고 싶지 않은 나와 달리 도진은 벅찬 눈빛으로 나를 앞으로 끌어당겼다. 휘청, 허리가 꺾이며 단상 앞으로 질질 끌려 나온 채 비틀대는 눈으로 사람들을 보았다. 그제야 한쪽 구석에 걱정스러운 얼굴을 한 여자와 윤정이 눈에 들어왔다.

"그러나 어떤 영혼은 너무도 드높아, 선택받은 자 안에서도 수 걸음 앞서가지요. 이제는, 제가 이 가족님에게 배워갈 때가 이른 것 같습니다. 그리고 그 전에 선택받은 영혼의 기쁨이 어떠한 것인지, 그러므로 우리가 나아가야 할 길이 어떠한 것인지, 바로 그의 입술로 듣기 위해 우리가 이곳에 모였습니다."

그가 도진을 마이크가 세워진 강대상 위로 끌어당겼다. 도진은 종이처럼 나풀대며 강단에 섰다. 안내자가 말했다.

"우리는 여기서, 우리가 어떻게 우리가 되었는지, 모두 앞에 증거할 것입니다."

다음에 일어난 일은 순식간이었다. 안내자가 늘 매고 다니던 망태기에 손을 넣더니 그 팔을 힘껏 휘둘러 제 뺨 옆을 스쳤다. 그러자 뚝, 뚝, 그의 뺨을 타고 붉은 피가 바닥으로 흘러내렸다. 이 순간 누가 질겁한 소리를 내었는가? 들리지 않았다. 나는 초점이 맞지 않는 어지러운 눈으로, 바닥에 떨어져 나뒹구는 살점 하나를 보았다. 귀, 그것은 귀였다. 조금 전까지 안내자의, 내 옆에 있는 이의 한쪽 얼굴에 붙어 소리를 듣게 하던 귀. 그것이 피에 뒤덮인 한 조각 덩어리가 되어 바닥에 뒹굴었다. 누군가 비명을 질렀는가? 나는 알지 못했다. 내 귀엔 그저, 저 멀리, 의식 너머 저 멀리 강단 뒤를 가린 커튼을 넘고 이 가건물의 합판도 넘어 저 멀리 어디선가 들려오는 먼 옛날의 비명 소리가 가늘게 들려오다 흩어질 뿐이었다. 안내자는, 눈을 깜빡이지 않은 채 힘 있게 뜨고 아래 모인 군중을 응시하다가, 천천히 고개를 내게로 돌렸다. 그리고, 손을 뻗어 내게 칼을 내밀었다. 그의 손날을 타고 피가 뚝, 뚝 떨어졌다.

　…주세요.

　그가 말했다.

　보여주세요, 저들에게. 우리가 본 것을, 보게 될 것

을 증거하세요.

내가 질겁하여 뒷걸음질을 쳐도 안내자의 말은 계속되었다.

주세요, 주세요, 보여주세요.

이제 소리는 누구의 입에서 나오는지 알 수 없었다. 칼자루를 밀어내는 손이 부르르 떨리고 뒷목이 뻣뻣이 굳어왔다. 그때 옆에 선 도진이 중얼댔다.

"속지 마, 육체에 속지 마…."

"뭐…?"

이미 칼을 건네받은 도진은 칼자루를 쥔 채 떨고 있었다. 긴 숨을 내뱉은 도진은 눈을 질끈 감더니, 칼자루를 든 손을 제 귀에 대고 내리쳤다.

예서야, 예서야.

네 이름을 부르며 끝없이 손을 뻗는다. 언제나처럼, 너는 한 번도 뒤돌아주지 않는다. 머리칼의 끝이라도 한번 만지고 싶어서, 한 번만 너를 안고 귓가에 속삭이고 싶어서 나는 끝없이 손을 뻗는다….

"아무래도 이상해, 저, 여기서 나갈래요."

내가 흐린 눈을 뜨고 깨어났을 때 처음 귀에 들린 소리였다. 서서히 밝아지는 시야에, 흥분한 듯 허리에 손을 얹고 왔다 갔다 하는 사람, 그리고 그를 말리는 사람들이 보였다. 여긴 어디지, 나는 왜 여기 누워 있지. 가물가물한 기억을 더듬어 깨달았다. 아, 예서가 죽었지. 그래서 나는 무별촌에 왔고, 거기서 안내자를 만났고, 도진이⋯ 귀를⋯ 더듬더듬, 오른손을 뻗어 내 얼굴에 대보았다. 도톰한 귀가 만져졌다. 동시에 깨달았다. 꿈이 아니구나. 살아 있는 예서가 내 앞에 걸어가던 것이 꿈이고, 조금 전 말릴 틈도 없이 남편의 귀가 잘려 나가 혼절하던 기억은 현실이구나. 다만 그 후 어떻게 방까지 와 누웠는지는 기억이 나지 않았다.

"놀란 것 알아요. 하지만 곧 괜찮아질 거예요."

"괜찮아지긴 뭐가요! 다들 미쳤어! 사람이 둘이나 귀를 자르는데, 그걸 보고도 아무렇지 않다고요?"

자꾸만 감기는 눈 틈새로, 소리치는 사람의 얼굴이 들어왔다. 푸른 꽃의 여자였다.

"있다 보면 알게 될 거예요. 구원을 위해선 모두 거쳐야 하는 과정이에요."

"맞아요. 새로워진 영혼은 이제 전과 같지 않아서, 육체의 고통은 이겨냈다고요. 그러니 우리는 우리 마음만 다스리면 돼요. 의심을 버리고⋯."

달라붙어 그를 달래고 있는 사람들은, 어린 윤정을

뺀 이 방의 나머지 사람들이었다.

"더 말하고 싶지 않네요. 당장 떠나야겠어요."

새로 들어온 여자의 곁에 선 이들이 서로 눈빛을 주고받는다.

"하지만, 들어올 때 차 키를 반납하지 않으셨나요?"

"그리고 운전대를 잡는다고 해도 이곳을 떠날 순 없어요."

"그게 무슨 말이에요?"

"온전해지기 전까지는, 이곳을 떠날 수 없어요."

여자는 질렸다는 듯이 혼자 고개를 가로젓더니, 내뱉듯 중얼거렸다.

"차가 안 되면, 걸어서라도 갈 거예요. 그리고 제발, …어?"

두리번거리던 그와 눈이 마주쳤다. 그는 눈을 크게 뜨더니 내게 다가와 눈앞에 대고 손바닥을 흔들었다.

"이봐요, 정신이 들어요? 지금, 눈 뜬 것 맞죠?"

그 말에 가족들이 우르르 몰려와 여자를 밀치며 내 곁으로 왔다.

"깨어나셨다!"

누군가가 외쳤다. 그 말에, 모여 선 이들이 손을 위로 하고 일제히 엎드리며 입 맞춰 말했다.

"누르나타, 누르나타. 어제의 아픔 다 지나갔으니. 육신은 벗어지고 영혼은 남으리니."

여자는 기도를 멈추지 않는 이들을 경악스러운 표정으로 둘러보다가 몸을 숙여 내 옆에 앉더니 가만히 내 손을 잡고 속삭였다.

"많이 놀랐죠? 저 사람들, 당신 남편은 구원받았고 당신은 구원받은 자의 옛 가족이라고 저 난리예요."

그 말을 듣는 순간 가슴 어딘가가 저릿했다. 많이 놀랐지. 평생 내 모든 것이었던 엄마와 동생을 잃은 순간에조차 들어보지 못한 말이었다. 달래듯 내 손을 주무르는 그의 손목에 아로새겨진 그림과 문자가 새로이 눈에 들어왔다. 자그만 꽃송이, 그리고 여섯 개의 숫자. 탄생화와 생년월일. 애써 눈을 돌리려다, 손을 뻗어 그 자리를 가만히 어루만졌다. 내 손을 물끄러미 내려보던 여자가 입을 열었다.

"있죠, 나 할 말이 있어요."

그때 갑자기 숙소 문이 벌컥 열렸다.

— 고통 없는 영혼엔 이별이 없으니. 이제 우린 돌아가지 않으리. 타락한 저 세상에….

찬바람과 함께 요란한 노랫소리가 들려왔다. 노래하며 문을 열고 들어선 이는 안내자였다. 그는 웃는

낯으로 내게 다가오더니, 여자를 밀치고서 내 앞에 무릎 꿇고 손등에 입을 맞췄다.

"아, 가족님."

그리고 방 안에 모인 이들을 둘러보았다.

"이리도 빨리 영광스러운 순간을 맞이할 줄은, 저도 미처 다 몰랐습니다. 가족님들도 그러하셨지요?"

"그렇습니다, 그렇습니다."

입소자들은 한목소리로 고개를 주억거리며 답했다.

"자아, 오랜 잠에서 깨어나셨으니 가족님도 어서 뒤따라가셔야지요."

안내자가 내게 말했다.

"네? 어디를요?"

나는 잠겨서 잘 나오지 않는 목소리로 물었다.

"이제, 저와 함께하셔야 하지 않으시겠습니까."

안내자가 빙그레 웃었다. 그가 내 손목을 잡아끌며 일으켜 세웠다.

"왜 이러세요, 아파요."

끌려가지 않으려 침대 모퉁이를 꽉 잡고 버티며 사위를 둘러보아도, 모여 선 사람들은 기쁜 광경을 바라보는 양 만면에 미소를 띠고 있을 뿐이었다.

"자, 어서요."

"그만 좀 하세요!"

그때 여자가 일어서 안내자의 손목을 움켜쥐며 소리쳤다. 처음 들어보는 큰 소리에 나도, 다른 사람들도 모두 놀라 여자를 쳐다보았다.

"싫다고 하잖아요! 방금까지 정신 잃고 누워있던 사람을 대체 뭐 하는 거예요?"

안내자도 표정 없는 얼굴로 여자의 얼굴을 뚫어져라 바라보았다.

"가족님."

그리고 서늘하고 낮은 목소리로 입을 열었다.

"무슨 자격으로, 구원에 이르는 길을 막아서십니까?"

"자격? 하."

여자는 기가 찬다는 듯 내뱉었다.

"그러는 당신들은 무슨 자격으로, 가족 잃은 사람들을 여기다 모아 놓고 싫다는데도 여기저기 끌고 다녀? 제 몸까지 해치게 만들면서."

여자의 몸은 분노로 파르르 떨리고 있었다. 툭, 잘려나가던 도진의 살점이 떠올라 눈을 질끈 감았다.

"…말씀이 심하십니다. 가족님도 슬픔에서 벗어나려 직접 이곳에 오신…."

"직접? 직접이요? 회사에서 가족 잃은 사람들한테

보상금을 더 얹어준다고, 사인하지 않으면 본인 과실을 따지겠다고, 이런저런 말로 끈질기게 서류를 내민 게, 당신들이 말하는 직접인가요?"

"말씀이 심하시다고 알려드렸습니다!"

"심한 건 당신들이 심하지!"

여자는 방 안에 둘러선 사람들을 돌아보며 말했다.

"다들 왜 가만있어요? 여기 거의 다, 안현그룹 때문에 가족 잃은 사람들 아니에요? 정신들 차리세요! 본사 사람들, 제 새끼 물어 죽인 내 남편이 사살되기 전에 뭐라고 한지 알아요? 감염 후 즉사하지 않은 흡혈귀는⋯."

펙.

"허억!"

모여선 사람들 사이에서 숨죽인 비명이 터져 나왔다. 안내자의 주먹에서 붉은 피가 뚝뚝 떨어지고, 얼굴을 감싼 여자의 손날을 타고도 피가 흘러내렸다. 안내자가 허리춤의 열쇠 꾸러미를 그러쥐어 여자의 얼굴을 후려친 것이었다.

"세상에 이게 무슨⋯!"

믿기지 않는 광경에 나는 덜덜 떨리는 손으로 여자의 얼굴을 가린 손을 치워보았다. 여자는 입안 가득 피를 머금고, 가쁜 숨을 몰아쉬고 있었다.

"…그만하시라고, 분명히 말씀드렸을 텐데요."

안내자는 후, 숨을 내뱉더니 여자를 하얗게 노려보고 말했다.

"이만하면, 알아들으셨으리라 믿습니다. …평온하십시오."

조금 전 사람을 친 손으로 사람들 하나하나에게 합장을 하고서 그는 뚜벅뚜벅 숙소에서 걸어 나갔다.

방 안엔 낯설고 차가운 침묵이 감돌았다.

그날 밤은 쉬이 잠이 들지 못했다. 당장 걸어서라도 산에서 내려가겠다는 여자를 말리며 베갯잇으로 여자의 피를 지혈시킨 저녁. 평소보다 일찍 자리에 누웠으나 한참을 뒤척이다 겨우 선잠이 들었다. 예서를 부르며 옅은 꿈속에서 헤매는데 어디서 끼이익, 쿵, 작지만 낯선 소음과 찬바람이 들어온 것 같았다.

새 우는 소리에 눈을 떴다. 어슴푸레한 새벽빛 아래, 옆자리에 곤히 잠든 윤정이 보였다. 무슨 일이 있었더라. 끔찍한 어제의 기억을 희미하게 되짚으며 자리에서 일어났다. 방을 둘러보는데, 자리 하나가 비어 있었다. 나보다 일찍 일어난 이가 있단 말인가. 부스스 일어나 등불을 밝혔다. 차가운 새벽 공기와 밝아오는 빛에 사람들이 하나둘 일어나기 시작했다. 어느새 모두 깨어난 사람들은 아침체조를 가기 위해 모여 섰다.

"하나, 둘, 셋, 넷…."

서로 인원을 세던 이들이 머리를 갸우뚱했다.

"열넷."

"하나가 비네."

나는 깨어나서 보았던 빈 침상을 물끄러미 보았다. 자리의 주인이 아직 돌아오지 않은 것 같았다.

"그이네. 새 가족."

"새 가족?"

"아아, 그 자식 잃었다는 여자?"

"새벽부터 어딜 간 거야?"

"정말 도망이라도 간 거 아냐?"

누군가가 말했다. 쿵, 가슴이 내려앉았다. 빈자리는 여자의 자리였다. 이 추운 새벽 맨몸으로 어딜 간 걸까. 그때 총집합을 알리는 노래가 스피커를 타고 울려 퍼졌다.

"우, 우선, 일과를 시작하러 가야죠. 무슨 일인지 모르지만 그 여자도 늦지 않게 그리로 오겠죠."

모여선 이들이 서로서로에게 말하며 고개를 끄덕였

다. 그리고 줄지어 방을 빠져나가기 시작했다. 나는 가만히 서서 빈자리를 계속 바라보았다. 저리도 정갈하게 이불을 정리해놓고, 무슨 일을 보러 간 것일까. 심상치 않은 기분이 들었다. 아직 목욕 시간은 아니었고, 볼일을 보러 갔다기엔 오랜 시간이었다. 그때 줄의 맨 마지막, 어른들 뒤에서 문 앞을 빠져나가다 말고 머뭇대던 윤정이 몸을 돌려 나에게 왔다.

"저, 언니."

"응."

"있잖아요, 어제 그 아줌마요."

윤정은 손을 뻗어 내가 보고 있던 빈자리를 가리켰다.

"안 돌아올 것 같아요."

"그게 무슨 말이야?"

"어제 그랬잖아요, 여기를 떠나겠다고."

"그거야 화가 나서 한 말이겠지. 설마."

내 말에 윤정은 나를 물끄러미 바라다가, 내 소맷자락을 잡고서 속삭였다.

"언니, 사실은요, 어제 언니 잘 때 그 아줌마가 또 피를 흘려서 닦아드렸거든요. 그때 그분이 그랬어요."

꿀꺽, 침이 넘어갔다.

"아줌마는 남편이 흡혈귀에 물려서 딸을 공격했을

때 119에 신고하고 나서, 어떻게 해야 할지 몰라서 우선 아저씨 다니던 회사에 전화했대요. 아저씨가 회사에 갔다가 그렇게 됐고, 그 회사는 전에도 그런 일이 많았어서요. 그런데….”

윤정은 아무도 없는 방 안을 휘휘 살피더니 목소리를 낮춰 속삭였다.

“회사에서 그랬대요. 아저씨가 사살되지 않고 다시 회사에 다니게 해주겠다고.”

“뭐?”

머리가 핑 도는 것 같았다.

“대체 그게 무슨….”

“말도 안 되는 소리라서 그냥 전화를 끊고 아저씨는 그대로 생포됐다가 사살당했는데, 충격이 커서 정신없이 지내다 여기 오고 나서 자꾸 생각해봤대요. 아줌마 남편이 다니던 안현 화학회사 공장에 돌았다는 소문을요. 처음 흡혈병이 대유행한 원인은 아직 아무도 정확히 모르지만, 유행이 잦아들고 나서 다시 나타난 흡혈귀는 누가 일부러 만든 거라고요.”

“너 그게 지금 무슨 소리야?”

“정말이에요. 아줌마가 그랬어요. 회사가 대유행 때 흡혈귀 몇을 빼돌려 특별관리했을 거라고요. 안현 화학 사람들은 생산직 사람들도 다 그 이야기를 알았대요. 그땐 헛소문이라 생각했는데, 여기 오고 보니까….”

“말도 안 되는 소리야.”

눈 앞이 온통 하얘져 윤정의 어깨를 붙들었다. 덜덜 떨리는 손으로 윤정의 팔을 잡고 말했다.

“윤정아, 우선, 우선….”

머릿속이 정리되지 않았다. 아직 어린 아이의 입에서 무서운 소리가 줄줄 나오자 가슴이 쿵쾅댔다.

“언니가 알아볼게. 아줌마가 어디로 갔는지, 이게 다 무슨 일인지 알아봐줄게.”

아빠가 죽던 날, 어린 예서를 앞에 두고 그랬던 것처럼 옷섶을 여미고 볼을 쓰다듬으며 나는 넋이 나가 중얼거렸다.

“우선, 밥부터 먹어. 밥부터 먹고, 언니가 어떻게든 해볼게.”

밖으로 나서자 길목에 기다리던 안내자들이 윤정과 나를 운동장으로 떠밀듯 인도했다. 체조를 하는 내내 윤정의 말이 머릿속을 떠나지 않았다. 같은 구역 입소자들을 모아놓은 무리 속에서 어제 내 손을 잡아주던 여자의 얼굴을 찾으려 애썼다. 그러나 찾지 못한 채, 마지막 동작과 숨 고르기가 끝났다. 체조가 끝나고 자유시간이 되어 사람들은 몸을 풀며 여기저기로 흩어졌다. 나는 우리 방을 담당하는 안내자를 찾아 나섰다. 그는 빗자루를 들고 마당을 쓸고 있었다.

"다, 지나갔습니다."

그가 태연히 내게 인사하며 빙그레 웃는다.

"무슨 일이십니까, 가족님."

어떻게 저렇게 아무렇지 않을 수 있단 말인가. 막상 그 앞에 서니 말이 쉬이 나오지 않았다.

"괜찮습니다, 말씀하시지요."

"간밤에 저희 방에서 사람 하나가 사라진 것 같아서요."

말을 하는 목소리가 멋대로 떨렸다. 이 말을 하는 것이 옳은지 알 수 없었지만, 다른 수가 없었다. 그는 표정 없이 나를 지그시 보았다.

"사라졌다… 왜 그렇게 생각하시지요?"

"어젯밤까지는 분명히 자리에 있었거든요. 다들 보았는데, 깨고 나니까 사라졌어요. 혹시, 안내자님이 데려가셨나요?"

마지막 말을 묻는 목소리가 제멋대로 떨렸다.

"무슨 말씀이시지요?"

"어제 그렇게 피를 흘렸는데, 갑자기 어딜 갔다는 게 상식적으로…."

"가족님."

그가 내 말을 끊고 나를 한참 말없이 바라보았다.

"제가 한번 알아보지요. 그때까지 조금만 기다려주시겠습니까?"

나를 하얗게 응시하던 그는 비를 들고 뚜벅뚜벅 뒤돌아 걸어갔다. 평소보다 빠른 걸음이었다. 걸음 뒤로 중얼대듯 그가 말했다.

"명심하세요, 끝내 모두가 구원에 이르지는 못합니다."

"언니."

아침을 먹으러 가던 시간, 저 구석 돌 위에 앉아 있던 윤정이 일어서 내게 다가왔다.

"저, 아까 말 안 한 게 있는데요. 사실 어젯밤에…."

그때, 별안간 마을 곳곳에 설치된 스피커에서 커다란 음성이 울려 퍼졌다.

— 아, 아. 무별촌 가족 여러분. 지금 당장, 한 분도 빠짐없이 대강당으로 모여주시기 바랍니다.

식사하러 걸어가던 사람들이 걸음을 멈추고 뒤돌아

하늘을 바라보았다.

— 다시 한번 말씀드립니다. 무별촌 가족 여러분, 지금 당장….

"갑자기 무슨 일이지?"

"언니, 무서워요."

내가 윤정의 손을 꼭 잡는데 누구의 것일지 모를 땀이 축축이 배어났다. 그때 어디선가 나타난 안내자들이 우리의 등을 밀었다.

"서두르세요. 어서 강당으로 가시지요."

그들이 이끄는 대로 수많은 입소자가 대강당을 향해 몰려갔다. 끼익, 가건물의 육중한 문이 열리고 마침내 한 사람도 빠짐없이 까맣게 자리를 채웠을 때, 그 안내자가 나타났다. 내게 모든 것을 알아봐주겠노라 말한 그가, 마이크에 대고 입을 열었다.

"어젯밤, 한 영혼이 흡혈귀에게 물려갔습니다."

나는 경악하여 벌어지는 입을 손으로 급히 가렸다. 모여 앉은 무리가 소리 없이 동요했다. 아무 소리가 없어도, 알 수 있었다. 안내자는 이내, 침울하게 덧붙였다.

"아시다시피, 흡혈귀란 본디 소리 없이 사악하게 움직이지요. 그리하여 안타깝게도 그가 끝내 어디로 끌려갔는지, 그 육체가 어디에서 떨고 있는지 아직은 알 길이 없습니다."

햇빛이 들어올 틈을 꼼꼼히 막으며 사방에 암막 커튼이 쳐지고, 캄캄해진 실내에서 안내자는 말을 이었다. 이제 다 함께 기도합시다. 시신도 찾지 못할 곳으로 사라진 우리의 가족을 위해…. 깜깜한 풍경 속에서, 흐릿한 형상의 사람들이 몸을 흔들며 기도했다. 엎드리고 가슴을 치며 울부짖었다. 소리 없이 통곡했다. 마이크를 내려놓고 말없이 그 모습을 보던 이가 마이크를 놓고 천천히 단상에서 물러났다. 그리고 계단을 내려와, 사람들 사이를 가르고 걸어, 내게로 다가왔다.

"떨고 계시는군요."

그가 손을 들어 내 어깨를 그러쥐었다. 차가운 손이었다.

"말씀드렸을 텐데요. 더 이상, 두려워 떨거나 눈물 흘리셔서는 안 된다고."

"방금, 무슨 말씀을…."

"저를 똑똑히 보세요!"

안내자가 매섭게 말했다. 그 음성에 베이지 않으려 애쓰며 나는 그의 눈을 보고 물었다.

"이곳에도, 흡혈귀가 나타나나요?"

"종종 그런 일이 있지요."

"그게 흡혈귀인 걸 어떻게 알지요? 그리고 만일 그렇다면, 여기 있는 모두가 위험한 것 아닌…."

짝.

그 순간 눈 앞이 번쩍였다. 그가 내 뺨을 때렸다. 너무 놀라 순간 다리가 풀렸다. 나는 주저앉아 얼얼한 오른뺨을 손으로 감싸고 그를 올려보았다. 떨지 않으려 애쓰며.

"위험이라니요."

그가 느리게 내 위로 몸을 굽히며 말했다.

"그 가족이 흡혈귀에게 물려갔다는 것은, 그러니까 여기에 흡혈귀가 나타났다는 것은 곧 무엇을 뜻하겠습니까."

나는 아무 대답도 할 수 없었다.

"우리가, 그 끔찍한 괴물을 발견하고, 부수고, 짓이겨 한낱 고깃덩어리로 만들었음을, 그리하여 또 하나의 승리를 이뤘음을 말하는 것이지요!"

양손을 주먹 쥐어 부르르 떨던 그는, 그 손을 내려 방금 때린 내 뺨을 감쌌다.

"가엽게도… 아직도 모르시겠습니까? 감히 이곳에

모습을 나타낸 흡혈귀들의 운명이 어떠한지. 십자가 위 살점을 보고, 그들의 피로 세례받고도 말입니다."

참으려 애쓴 눈물 한 줄기가 뺨을 타고 흘러내렸다. 이것은 두려움의 눈물이 아니다, 분노의 눈물이다, 분노의 눈물이다, 분노의… 있는 힘껏 속으로 중얼거리는데, 안내자가 갑자기 안쓰러운 표정을 짓더니 내 귀를 잡아당겨 속삭였다.

"아무래도, 믿음을 일깨워드려야 할 때인 것 같군요."

"읍, 읍!"

강단 뒤에서 나타난 안내자들의 손이 내 입을 틀어막고 내 눈을 천으로 동여맸다. 그들은 내 사지를 붙들고는 질질 끌고 어딘가로 향했다. 뭐지, 이게 대체 무슨 일이야. 비명은 소리가 되어 나오지 못했다. 사악, 사악. 신이 벗겨져 드러난 뒤꿈치 살이 땅에 끌리는 감각만이 내게 알려줬다. 너는 지금, 어쩌면 다시 나올 수 없는 곳을 향해 가고 있다고. 필사적으로 발버둥을 쳐보았으나 아무 소용이 없었다. 툭, 툭, 있는 힘껏 뻗어보는 내 발은 오직 나를 결박한 안내자들의 다리에 힘없이 닿고 말 뿐이었다. 사악, 사악. 뒤꿈치 피부가 벗겨나가는 듯 쓰라렸다. 이 와중에 발이 쓰라리다니, 우습다고 생각하기엔 가슴이 두근거리고 숨이 찼다. 쿵쿵 쿵, 몸이 뒤쪽으로 쏠리는 느낌이 들더니 계단을 내려가는 발소리가 났다. 어지러워 정신을 못 차리던 그때, 그들의 발걸음이 한순간 멈추더니 쩔그럭 열쇠 고르는 소리가 들렸다. 그리고,

"헉!"

퍽, 등 뒤로 엄청난 충격이 전해졌다. 안내자 하나가 나를 걷어찼다. 쿵, 차고 딱딱한 바닥에 나뒹구는 내 귓속으로 안내자들의 목소리가 파고들었다.

"의심으로 눈먼 영혼은 흡혈귀와 다름없이 이곳에서 값을 치르리니."

"맞습니다, 맞습니다."

"사, 살려⋯."

내가 바닥을 기며 깜깜한 허공으로 벌벌 떨리는 손을 뻗는데, 일순 눈 앞이 확 밝아졌다.

쾅.

한참 눈을 깜빡거리고서야, 겨우 빛에 익숙해진 시야에 굳게 닫힌 철문이 들어왔다. 허겁지겁 기어가 문고리를 잡으려는 순간 깨달았다. 이 문의 안쪽엔 손잡이가 없다는 사실을.

"도와주세요! 거기 누구 없어요?"

온몸으로 문을 밀어젖히며 외쳤지만, 문밖에선 절
그럭절그럭, 차가운 쇳소리에 이어 웅성대는 발소리가
멀어져갈 뿐이었다.

"제발, 도와주세요!"

부서져라 두드려보아도, 문은 그 아귀를 꾹 닫고서
침묵했다.

"제발 도와…."

그렇게 얼마나 지났을까. 힘이 빠진 주먹이 툭, 땅으
로 떨어졌다. 힘없이 숙인 고개 끝에, 발치에 놓인 검
은 천이 보였다. 눈이 부실 만큼 하얀 바닥 위에 나뒹
구는 새까만 안대는 참으로 이질적이었다. 그제야 얼
굴을 들어 내가 갇힌 곳을 둘러보았다. 그들이 나를
끌고 온 곳은 사방이 하얀 타일로 마감된 작은 방이었
다. 상자만큼이나 작은, 수도자의 기도실이나 감옥의
독방이라 하면 딱 알맞을 직육면체 공간.

"문 열어!"

문을 걷어차며 악을 써보아도 잡을 곳 없는 문은
텅, 둔탁한 소리만을 내며 내 발을 때리고 나의 외침
은 새하얀 사면에 부딪혀 메아리칠 뿐이었다. 손바닥
에 얼굴을 묻었다.

무엇이든 다시 외쳐보고 싶어 달싹이던 입술에선

끝내 한마디도 나오질 못했다. 턱, 걸리는 무언가가 목구멍을 막고 있는 것만 같았다. 언제나, 언제나 그랬듯이. 매끄러운 타일 바닥 위로 무너지듯 주저앉았다. 밑에서부터 타고 올라오는 냉기에 몸서리를 치며.

"흑."

내뱉고 싶던 욕설 대신 입술 사이를 비집고 울음이 나왔다. 나를 흡혈귀처럼 처분할 것이라는 안내자들의 마지막 말과, 저번에 본 흡혈귀들의 사체가 머릿속을 어지러이 떠돌았다. 누구도 나를 구하러 오지 않을 것이다. 시렸다. 뼛속까지 시렸다. 눈물이 흐르는 족족 손을 들어 닦아내며 참으려 애써보았지만, 그럴수록 울음은 거세져갔다.

"흑, 흑… 예서야…."

콧물이 줄줄 흐르고 가쁜 숨으로 등이 들썩였다.

"예서야, 예서야…."

나는 훌쩍이며, 몸을 떨며 계속 예서를 불렀다.

"엄마…."

벌어진 입에서 통곡이 쏟아져 나왔다. 이제 나는 아이처럼 다리를 뻗고 엉엉 울부짖었다. 2년, 2년이었다. 두 해가 흐르고도 꼭 같은 만큼 마음이 미어졌다. 사고로 예서를 보내고도 나는 예서를 보낼 수 없었다.

사별 후 불면과 우울로 찾았던 정신과에선, 사람이 소중한 이를 잃었을 때 애도에 필요한 기간은 4개월이라 했다. 그 후에도 여전히 일상이 슬픔에 잠기면 치료가 필요한 것이라고. 보호자를 데려오라는 말에 도진이 잔뜩 구겨진 얼굴로 마지못해 병원에 동행했던 유일한 날에도 의사는 그 말을 했다. 진료실에서 나올 때 도진의 얼굴은 들어가기 전보다 한결 펴져 있었다. 운전을 하고 돌아오며 도진은 복사기처럼 의사의 말을 되풀이했다. 여보, 4개월이래, 4개월. 이젠 그만 일상으로 돌아가야지. 예진을 잃고 6개월이 되었을 무렵이었다. 하루, 이틀, 한 달, 그리고 새로운 계절… 달력의 숫자가 바뀌어도 나는 여전히 웃을 수 없었다. 도진은 그때마다 같은 말을 반복했다. 여보, 1년이야. 선생님이 그랬잖아, 언제까지 슬퍼할 수만은 없다고… 여보, 한 해도 더 지났어. 선생님이 그랬잖아….

하지만 10년이 가도 나는 예서를 생각하며 울 것이고, 도진은 같은 말을 재생할 것이었다. 둘 다 그걸 알았다. 어떻게, 내가 어떻게 예서를 잊을 수 있단 말인가? 1년이 지났든 10년이 지났든, 무별촌에 끌려와 숨죽이고 지내든 내가 어떻게 이 울음을 멈출 수 있느냔 말이다. 이젠 그만할 때라고, 모든 것은 지나갔으니 거록한 내일을 향해 가자고 누가 감히 내게 말할 수 있단 말인가. 아무것도 지나가지 않았는데, 나는 여전히 예서가 대체 어떤 얼굴을 한 흡혈귀에게 어떤 영문으로 얼마나 아파하며 죽었는지 정확히 알지조차 못하는데.

나는 흐느끼며 도진의 얼굴을 떠올렸다. 남편을 꽉 잡고 사는 애. 다부지게 할 말은 한다며 친구들은 나를 그렇게 불렀고, 나 역시 종종 나 자신을 그렇게 바라보며 은밀한 자부심을 느꼈다. 하지만 사실은 어떠했나? 그 나이에도 부모의 집에 가서 역시 엄마 밥이 최고야, 허겁지겁 모친이 차린 찌개를 퍼먹고 무슨 일이 생기면 아버지에게 쪼르르 일러바치는 도진이 '열여덟은 다 큰 나이'라며 예서를 열악한 일터로 밀어 넣을 때, 출처도 불분명한 염소즙을 제 형이 사 왔다고 생색내며 예서에게 내밀 때, 예서가 하얀 시체로 돌아오고 내가 절망에 빠져 허우적댈 때, 내가 할 수 있는 건 그저 몇 초간 그를 노려보고 날 선 말 몇 마디를 던지는 것뿐이었다. 고작, 그러했다. 얼마쯤 예견된 동생의 죽음 앞에서 내가 남편에게 한 대응은 겨우 그것이었다. 나는 파르르 떨리는 입술을 꾹 깨물었다. 시린 이를 꽉 무는데, 새로운 질문 하나가 명치를 때리며 다가왔다. 예서가 아파할 때 나는 어디에 있었지. 엄마가 죽고 신혼집에 그 애가 들어온 후 마주했을 예서의 얼굴은 흐릿했다. 생활비가 늘었다고 밤마다 불평하는 남편의 등을 바라보느라, 늦은 시간 돌아오는 내 동생을 볼 시간은 터무니없이 적었다. 그 애는, 죽음을 향해 가고 있었는데. 언젠가는 엄마도 죽겠지? 공장 교대를 마치고 새벽 퇴근을 하다 음주운전 차에 치인 아버지 상을 치르던 날, 어린 예서는 자그만 몸에 큰 상복을 걸치고서 장례식 바깥 계단에 앉아 훌쩍이며 울었다. 나란히 앉아 까만 밤하늘을 바라보던 내가 시선을 내리자, 예서는 내 무릎에 기대며 말했다. 그건 아주 아주 나중이면 좋겠어. 쉬어버린 목으로 울음을 꺽꺽대며 그날 예서가 덧붙인 말을 떠올렸다.

언니가 있어서 좋아. 내가 할머니가 될 때까진 할머니가 안 될 거잖아. 그러니까 우린, 아주 오래 같이 살거잖아….

"미안해, 미안해…."

흐려지려는 발음을 다잡으며 흐느꼈다. 나는, 가장 필요한 순간 예서의 곁에 있어주지 못했다. 그리고 그렇게 예서를 잃은 것이 사무치게 아팠다. 그 애를 지켜주지 못했단 생각을 하면 내게 슬퍼할 자격이 없는 것 같았고, 하나뿐인 동생을 잃었단 생각을 붙들면 바로 그 동생을 외롭게 한 게 나였단 사실을 인정하기 어려웠다. 이 말들이 양립할 수 있다는 사실을 이 순간에야 뼈저리게 깨달았다.

"예서야, 미안해. 그런데, 너무 보고 싶다…. 언니가, 양심도 없이 네가 보고 싶어."

처음으로 소리 내어 그렇게 말하며, 머리를 땅에 대고 납작이 엎드렸다.

"예서야, 어디 있어. 언니를 두고 어디로 가버렸어. 언니가 미워서, 엄마가 보고 싶어서 가버렸어? 언니가 미안해, 예서야…."

겨울을 나는 벌레처럼 작게 옹송그린 몸으로 토해 내듯 고백했다.

"무서웠어, 예서야. 죽음이 무서웠어. 엄마도 아빠도 삼켜버린 죽음이 우리까지 삼켜버릴까 봐, 나를 덮칠까 봐… 세상이 말하는 대로 하려고 했어. 뒤돌아보지 않고 앞으로 가면, 어린 너를 달래서 같이 현실에만 매달리면, 사람들 말처럼 다 괜찮을 줄 알았어. 그게 너를 죽게 할 줄, 정말 몰랐어…."

차가운 타일 바닥 위에서 그렇게 한참을 울고, 또 울었다. 몇 시간이 흘렀을까. 이제 잠겨버린 목에선 울

음소리가 잦아들고 미약한 쇳소리가 꺽꺽대며 흘러나
왔다. 거친 숨을 고르는데, 어디서 익숙한 소리가 났다.

"흑."

나는 엎드렸던 상체를 일으켰다. 눈물로 가려진 시
야가 뿌옇게 보였다.

"흑… 으흐흑."

"예서야?"

나는 넋 나간 사람처럼 비틀대며 일어나 텅 빈 벽
을 더듬었다. 거기 꼭 예서가 있을 것처럼.

"흑, 흑, 으흑."

"예서야!"

말이 안 되는 줄은 알지만, 그건 틀림없이 예서의
울음소리였다. 둘이 나란히 상주가 되어 빈소를 지키
다 사라졌을 때, 귀를 기울여 찾아냈던 내 동생의 소리
였다.

"어디지, 어디야…."

소리는 분명 벽 너머에서 흘러나오고 있었다. 손끝
으로 줄눈 하나하나를 훑으며 벽을 따라 천천히 걸었
다. 두 번째 모퉁이를 돌았을 때였다. 툭, 이질적으로
파인 홈에 손톱이 걸렸다. 후두둑. 손가락을 움직이자
틈 사이로 하얀 가루가 떨어졌다. 멈춰서 손바닥을 들

여다본 순간, 귀를 찢을 듯 절규가 들려왔다.

"으아아아아!"

"예서야!"

타일 사이를 미친 듯이 긁어내기 시작했다. 투둑, 투둑. 시멘트 가루가 우수수 떨어지더니 가느다랗던 틈이 쩍 벌어지며 덜컥, 타일 한 장이 움직였다. 이게 뭐지? 잠시 멍하던 정신을 차리자 회전문처럼 빙글 돌아 세로로 선 타일이 만든 빈 공간이 눈에 들어왔다. 소리는 그곳에서 나오고 있었다. 꿀꺽, 침이 넘어갔다. 떨리는 몸을 굽혀 아주 작은 그 구멍에 눈을 갖다 대었을 때 나타난 광경은 충격 그 자체였다.

"허억!"

나는 너무 놀라 벌어진 입을 손으로 틀어막았다. 사람. 거기 사람이 있었다. 정확히는 벌거벗고 깡마른 사람들이, 실 한 오라기 걸치지 않은 몸에 저마다 쇠줄을 차고 벽에 묶여 있었다.

"흑, 흑."

내 시야에 들어오는 정면엔 목에 사슬을 단 여자가 아무렇게나 널브러져 흐느끼고, 그 바로 옆엔 백발이 성성한 노인이 제 발목에 매인 구속구를 이로 잘근잘근 물어뜯고 있었다. 이들도, 나와 같이 갇혔단 말인

가. 믿기 어려운 광경 앞에 현기증을 느끼며 상황을 파악하려 애쓰는데, 노인이 눈을 들어 나를 봤다. 마주친 그의 눈은 눈동자 없이 흰자만이 가득했다. 희번덕, 번쩍이는 핏발 선 흰자 아래로 쩍 벌린 입속엔 크고 날카로운 송곳니가 번들거렸다.

'흡혈귀!'

순간 세 어절이 머릿속을 때렸다. 동공 없는 눈, 날카로운 이… 틀림없었다. 아직 살아남아 도심과 산속에까지 출몰한다는 그것들이었다. 분노로 주먹이 부르르 떨리는데, 갑자기 머릿속 풍경들이 어지러이 겹치며 퍼즐이 맞춰지는 것 같았다. 도진과 함께 무별촌에 오던 첫날, 분명 헐벗은 사람들을 봤었다. 이 안에서 별의별 꼴을 보며 어느새 잊어버렸었는데, 그들이 흡혈귀였구나. 나는 예서의 목을 물어뜯고 피를 빨아 죽였을 하얀 송곳니를 빨갛게 노려봤다. 처음엔 끔찍하게만 보이던 무거운 목줄이 순식간에 저들에게 마땅한, 아니 과분히 너그러운 물건 같았다.

"왜…."

이를 뿌득뿌득 갈며 뇌까렸다.

"왜 하필 예서였어? 왜, 왜 하필 그 애였냐고!"

답할 이가 없다는 걸 알면서도, 나는 비좁은 틈으

로 절규했다.

"말해봐, 왜 우리 예서가 죽어야 했는지! 너희가 직접 물어뜯지 않았어도 말해보라고. 모른 척하지 말고 말해봐. 왜, 왜 내 동생을 죽였어…."

다시 눈물이 차올라 시야가 흐려지는데, 저쪽에서 비척대는 형상 하나가 다가오는 모습이 보였다. 작은 여자 흡혈귀였다. 절그럭절그럭. 벽에 연결된 왼팔의 사슬을 길게 늘이며, 내게로 가까워진다. 저것, 저 사람, 무엇이라 불러야 할지 모를 존재가.

"…아라…."

눈동자가 텅 빈 눈을 나를 향한 채, 그는 끝없이 무어라 중얼대며 몸을 흔들거렸다. 얼굴로 온몸의 피가 쏠리는 기분이 들었다. 흡혈귀를 이렇게 가까이서 본 건 처음이었다. 예서를 죽인 건 저 이가 아닐 거라는 걸 알면서도, 나도 모르게 손을 들어 뺨을 때릴 자세를 취하고 있었다. 한 가닥 남은 이성으로 빳빳이 굳은 손바닥이 허공에 파르르 떨리는데, 몸통을 까딱대는 흡혈귀의 입에서 나오는 중얼거림이 문득 귀에 꽂혔다.

"보아라, 우리의…."

흡혈귀는 부스스 엉킨 머리 아래로 곡조가 있는 문

장을 흥얼거리고 있었다. 내게 아주 익숙한 곡조를.

"보아라, 우리의 헌신과 정열…."

이 노래를 어디서 들었는가 깨닫는 순간, 온몸이 마비되는 것 같았다.

"보아라, 우리의 헌신과 정열…."

치매에 걸린 노인처럼, 그는 계속 같은 구절을 되풀이해 흥얼댔다. 나도 모르게 입을 벌려 다음 가사를 뱉어냈다.

"나가자, 모두의 내일을 위해…."

흡혈귀, 아니 작은 여자가 주억거리던 고개를 번쩍 들었다.

"우리는, 자랑스러운 안현의 가족…."

나와 눈을 마주치고, 송곳니만 남은 입으로 그의 노래가 드디어 다음으로 나아간다. 안현그룹. 나는 비명처럼 읊조렸다.

— 언니, 그거 알아? 물류센터 계약직 애들 모아놓고 교육할 때 사가를 가르친다. 웃기지, 우리가 어디가서 안현 다닌다고 하면 인정도 안 해줄 거면서.

모처럼 대화를 하던 때, 회사에서 외우게 시켰단 사가를 들려주며 예서는 웃음을 터뜨렸다. 까만 눈을 질끈 감았다 뜨자 표정도 눈빛도 없는, 그러나 꼭 예서만

한 몸집의 사람이 눈에 들어왔다. 그가 움직일 때마다 가슴께에서 무언가가 빛을 받아 번쩍거렸다. 어느새 코앞까지 다가온 그 몸을 자세히 보니 사원증처럼 납작한 홀더가 가는 줄로 목에 걸려 있었다. 떨리는 손을 천천히 구멍 너머로 뻗어, 차갑고 납작한 플라스틱 판을 쥐어 들었다.

B918 / 여 / 만 18세
감염 경로: 인공(정맥주사)
용처: 1차) 무별촌 내 불온 입소자 처분 / 2차) B물류
센터 복귀 및 투입

나는 멍하니 고개를 가로저었다. 모 제약회사가 정부와 결탁해 특별관리될 흡혈귀들을 생산해낸다, 아무리 일해도 지치지 않는 흡혈귀를 단순노동에 투입하고 혈액 사업 시장을 개척하는 이 일을 돕는 건 대기업인 모회사다… 흡혈병의 재유행 이후 항간에 떠돈 소문, 그리고 오늘 들은 윤정의 말이 매섭게 나를 덮쳐왔다. 미친 소리. 음모론자들이 떠드는 미친 소문일 뿐이야, 그렇게 믿었었다. 그럴 리 없어. 일부러 사람을 흡혈귀로 만들어 피 장사를 하고 일을 시키다니. 아무리

즉사하지 않은 감염자가 하루 종일 자지 않고 노동이 가능하다는 논문이 나왔어도, 흡혈귀의 피가 그깟 피부미용에 좋다는 소문이 돌았어도. 그럴 리가 없잖아. 사람이, 그러면 안 되는 거잖아. 그런데, 그런데… 이게 대체 무슨 짓이란 말인가. 하얀 종이 위에 빽빽이 쓰인 글자를 읽어 내려가던 내 손이 툭, 힘없이 떨어졌다.

"컥, 컥…."

숨넘어가는 소리에 정신을 차려보니, 그 바람에 내 손에 들린 명찰의 줄이 팽팽해지며 감염자의 목을 조르고 있었다. 깜짝 놀라 얼른 팔에 힘을 풀자 가쁜 숨을 내쉬던 그가 으르렁거리며 나를 하얗게 노려봤다. 그리고 부르튼 입술이 쩍 벌어지며 뾰족한 송곳니 두 개가 나를 향해 번뜩이는 순간, 나는 다시 손을 뻗어 그 뺨을 그러쥐었다. 크르르, 거칠게 도리질 치던 고개가 손길이 거듭될 때마다 잠잠해졌다.

나는 순한 짐승처럼 조용해진 그 얼굴을 바라보았다. 종이처럼 하얀 피부, 검게 변해 푹 꺼진 눈 코 입. 더는 산 사람이라 부르기 어려운 모습이었다. 하지만 나는 차마 안내자처럼 이것이 사람이 아닌 괴물이라 중얼댈 수 없었다. 흰 천에 덮이기 전 본 마지막 얼굴. 거기엔, 예서의 마지막 얼굴이 있었기 때문이다. 뭐라

말할 수 없는 감정이 가슴에 차올랐다. 소리 없이 통곡하며 좁은 틈을 짚고 무너지듯 주저앉았다.

내가 타일에 난 작은 틈새를 잡고 무릎 꿇은 순간, 벽 너머 타일에 도톰히 튀어나온 단추 하나가 손에 걸렸다. 의아한 생각에 돌출된 부위를 더듬어보니 어린이들이 약병을 쉬이 열 수 없게 만든 어린이 보호 용기의 뚜껑과 비슷한 구조 같았다. 가벼운 힘을 주어 버튼을 돌리고 힘껏 압력을 주자 꾹, 버튼이 눌리는 짧은소리에 이어 육중한 타일 벽이 우두둑 비명을 지르며 귀퉁이부터 통째로 회전을 시작했다.

"이게… 뭐야?"

천장 아래 대각선으로 비스듬히 두 공간에 끼인 하얀 벽체. 믿을 수 없는 광경을 올려보던 나는 자리에서 일어나, 망설이다 구조물에 손을 갖다 댔다.

끼이이.

벽이라 생각했던 구조물에 몸을 붙이고 그것을 밀며 움직이니, 하얀 벽은 문이 되어 순식간에 나를 건너편 방으로 옮겨놓았다. 흡혈귀들의 하얀 눈이 일시에 나를 응시했다. 반사적으로 주변을 더듬자 손닿는 위치에 단단한 물체가 툭 부딪혔다.

"하."

철로 된 보호구를 머리에 쓰는데 기가 찼다. 이런 것을 써가며 이곳에 감염자들을 모아놓고 드나들 때, 안내자란 치들은 무슨 생각을 했을까? 물리지 말아야지, 끝까지 흡혈귀가 아니라 저들을 이용하는 사람이기 위해. 이런 다짐 외의 감정이 그들에게 있었을까? 그물망처럼 촘촘히 철사가 쳐진 시야로 구석의 철문이 눈에 들어왔다. 몇 겹의 잠금장치가 걸려 있었다. 모두 머리와 손을 조금만 쓰면 안에서도 풀 수 있는 형태였다.

"우으, 우으으."

사방에서 팔다리를 휘적대는 이들 틈에서 나는 걸쇠를 하나하나 열어젖히며 이를 악물었다. 탁, 마지막 장치가 풀렸다. 열린 문으로 서늘한 바람과 어둠이 쏟아져 들어왔다.

"헉, 헉."

달리고 또 달렸다. 갇혀 있던 문을 열고 나와 마주한 풍경은 무별촌 정문에서 먼 뒤뜰이었다. 저녁이 내려앉기 시작한 산속에서 무별촌 사람들은 여기저기 환하게 불을 밝혀놓았고, 그들의 눈을 피해 어두운 곳을 밟으며 서둘러 출구를 찾기란 쉽지 않았다. 그러나 찾아내야 했다. 어쩌면 지금이, 이곳을 떠날 수 있는 마지막 기회란 예감이 강렬하게 들었다. 정문이 아니더라도 무별촌을 빠져나갈 길은 분명히 있을 터였다. 일단 이 끔찍한 곳을 벗어나기만 하면, 산속에서 밤을 버티든 길을 더듬어 내려가든 수가 보일 것 같았다. 그러니, 나가야 했다. 한시라도 빨리, 어떻게 해서든. 나는 식사를 마쳤을 사람들이 웅성대는 정문 쪽을 등지고 정체를 알 수 없는 작은 임시 구조물과 천막들 사이로 몸을 웅크리고 발소리를 죽여 달렸다. 분명 나는 길이 있을 거란 믿음 하나로. 페인트칠을 하다만 허름한 건축물들을 스칠 때마다 치가 떨렸다. 저 중 어디서든 둥글게 민 머리의 안내자들이 튀어나와 나를 낚아챌 것 같았다. 눈물을 참고 거세게 쿵쾅대는 가슴으로 어둠과 빛 사이를 살피는데, 한순간 저 멀리 낯설고 거대한 물체가 눈에 들어왔다.

"아."

나도 모르게 탄성이 흘러나왔다. 일렁이는 먼 불빛 속에 어슴푸레 보이는 그것은 분명 아치였다. 정문을 통해 이곳에 왔을 때 보았던 것과는 조금 다르지만, 조화와 풀을 엮어 올린 높고 뻥 뚫린 아치는 분명 바깥 세계로 이어져 있었다. 이제 인적도 조명도 드물어

진 길을 따라 그곳을 향해 발을 내디뎠다. 조금만, 조금
만 더 가면 돼. 조금만….

"악!"

갑자기 튀어나온 돌부리에 발끝이 걸렸다. 바닥에
크게 넘어지며 나도 모르게 터지는 비명을 양손으로
있는 힘껏 틀어막았다.

"아아."

소리죽여 신음하며 몸을 일으키려는데, 넘어진 쪽
시선 끝에 낯선 움직임이 걸렸다.

달그락, 달그락.

고요한 산속, 무별촌을 빠져나가는 후문 근처. 이곳
한구석 작은 창고 안에서 누군가가 바쁘게 발을 움직
이며 부산스러운 소음을 내고 있었다. 나는 무성한 덤
불 뒤로 기어가 몸을 숨겼다.

'저 사람은?'

발의 주인은 반나절 전 나를 때리고 가둔 안내자였다.

"…시지요."

'뭐라고 중얼거리는 거야?'

창고 안은 주방이나 실험실처럼 사면이 찬장과 선반
으로 가득했다. 미간을 구긴 채 수상쩍은 그 모습을 지
켜보는데, 정면에 세워진 커다란 궤짝 뒤에서 굵은 목

소리가 흘러나왔다.

"네, 안내자님."

그 순간 육성으로 비명을 내뱉을 뻔했다. 도진이었
다. 지저분하니 다듬으라고 권해도 늘 이마를 두툼히
덮던 머리를 하얗게 밀어버리고 다른 안내자들처럼
삼베옷을 입은 도진이 나를 가둔 이를 따라 수족처럼
움직이고 있었다. 조금 더 가까운 곳에서 둘의 대화를
들으려 살금살금 움직이는데, 창고에 다가가자 생전
처음 맡는 냄새가 후욱 끼쳐왔다. 이게 무슨 냄새지,
의아해하는 틈에 안내자의 음성이 고막을 뚫고 들어
온다.

"그러고 보니 처음이시겠군요, 죽은 지 얼마 안 돼
신선한 흡혈귀 사체를 보시는 건."

코를 막고 찡그리는 도진에게 안내자가 말했다.

"죽은 지 얼마 안 된 흡혈귀라면…."

"네, 생각하시는 바로 그 악귀, 우리 공동체를 해하
려 한 그자의 몸뚱이지요."

도진이 옆구리에 끼고 있던 프레임 하나를 창고 한
가운데 펼치기 시작했고, 안내자는 궤짝처럼 보이던
냉동고 문을 열어 무언가를 꺼냈다. 그리고 도진이 펼
친 높은 철제 침대 위로 흰 천에 싸인 거대한 덩어리

118

가 툭, 던져졌다. 도진이 다가가 곁에 서자, 안내자는 천을 걷어냈다.

거기엔 비닐에 싸인 물체 여럿이 질서 없이 한데 쌓여 있었는데, 투명한 포장 너머로 불그스레한 빛이 비치었고 비닐 밑으로도 붉은 피가 흘러나와 고여 있었다.

"우욱!"

도진이 못 참겠다는 듯 고개를 돌려 바닥에 허리를 굽히고 토악질을 하는데, 안내자가 겨드랑이에 손을 넣어 그를 일으켰다.

"놀라셨군요. 그러나 설마 두렵진 않으시겠지요."

나는 내가 본 풍경을 다시 한번 확인하려 눈을 깜빡였다. 묘한 냄새를 풍긴 채 토막 난 조각들. 비닐에 싸여 완전히 보이지 않았지만 알 수 있었다. 무언가의 사체였다.

"자, 그럼 함께 준비합시다."

말과 함께 안내자는 한때 살아 있었을 살덩어리들을 덮은 비닐을 벗기기 시작했다. 도진은 그 옆에서 머뭇대다 입을 열었다.

"안내자님."

"왜 그러십니까?"

"그런데요, 한 가지 궁금한 게 있습니다. 예전부터

뉴스에서 전문가랑 정부 관계자들이 하는 말을 보면, 흡혈귀화된 감염자는 이미 사람하고 다르댔어요. 흡혈귀는 제 자식이 아닌 이상 아이의 피를 썩 좋아하지 않고 부모에게 물린 아이들은 살아남은 사례가 없는 데다 도망쳐 숨어 지내는 종족들도 더는 임신이 불가능해서, 사람을 죽인 후 사살된 흡혈귀들은 하나같이 이십 대에서 오십 대, 그러니까 청년에서 중년의 모습이라 했지요."

"그런데요?"

"그런데 제 옛 가족이 그러더군요. 여기서 탯줄이 달린 흡혈귀 사체가 십자가에 못 박힌 모습을 보았다고요. 뉴스에서 거짓말을 한 걸까요? 그렇다면 흡혈귀는, 임신과 출산을 할 수 있는 존재입니까? 어쩌면 그래서 지금도 새로운 생명을 만들어내느라 통 사라지질 않는 걸까요?"

저 자식이 드디어 질문을 하기 시작했군. 나는 안내자가 도진의 말에 무어라 답할지 귀를 기울였다. 안내자는 한동안 말없이 웃더니 입을 열었다.

"답을 이미 알고 계시지 않습니까."

"예?"

"세상의 말은 언제나 진리와 떨어져 있다는 것을요.

우리는 다만 그들과 다른 언어로, 눈이 가려진 그들이 보지 못하는 진실을 좇으며 살고 있는 겁니다."

"그러면요…."

"네."

"흡혈귀도 사람처럼 자식을 낳고 기를 수 있는 존재라면, 태중에 품고 세상에 내놓아 젖을 먹이는 존재라면, 우리가 그걸 잡아서, 그러니까… 먹어도, 되는 겁니까?"

겁먹은 목소리였다. 안내자가 도진을 물끄러미 보았다. 멀리서 보아도 날카로운 눈빛이었다.

"안 된다고 생각하십니까?"

"아니요. 그냥 동족을 먹는 동물은 건강할 수 없다는 이야기를 어디선가 보았습니다. 그러니까 혹시라도, 흡혈귀도 사람과 비슷한 성질을 가진 생명이라면…."

"생명이요?"

그가 차갑게 되뇌었다.

"흡혈귀란, 애초에 이미 생명을 잃은 존재입니다. 산 존재처럼 움직이고 잠들고 수태하여도 기실 생명 없는 존재란 말입니다. 악귀란 본디 그렇지요. 그러니 그게 아무리 사람의 모양을 닮고 설혹 사람의 언어를 쓰고 사람의 마음을 품는다고 하여도, 우리가 먹는 건 사람도 아니요 짐승도 아니란 말입니다. 하늘이 그렇게 정하였으니까요!"

도진은 답할 말이 없는 듯, 언성이 높아진 그와 눈을 마주치지 않으려 애쓰며 비닐을 벗기고 조각난 덩어리들을 비슷한 종류끼리 분리하는 일을 계속했다.

"역시 종종 대화를 하는 것이 좋을 뻔했군요. 오늘 밤이면, 이 모든 아쉬움도 사라지겠지만."

그 말을 뱉자마자 그의 얼굴에 알 수 없는 빛이 감돌았다. 그러곤 너그러운 목소리로 도진에게 물었다.

"마지막 남은 영의 눈이 뜨이고 진리에 들어서는 순간 모든 질문이 사라지겠지요. 그래도 혹시 제게 더 묻고 싶은 것이 있으실까요?"

이곳에 처음 오던 날 나를 가장 놀라게 했고, 그러나 이후로 벌어지는 일들에 금세 잊어버린 사건 하나가 떠올랐다.

"저… 실은, 처음 이곳에 오던 날 산속에서 벌거벗은 사람을 보았습니다."

쿵, 가슴 어디서 그런 소리가 났다. 너도 보았구나, 김도진, 너도. 안내자의 손이 잠시 멈추었다가, 다시 움직였다.

"그리고 안내자님, 사실은 제가 안내자의 직책을 받

은 후 밤 순찰을 돌 때, 나체로 밭을 일구거나 짐을 옮기는 이들을 몇 본 것 같습니다."

안내자가 하던 행동을 멈추고 돌변한 표정으로 도진을 응시했다.

"그들은 왜, 옷을 입지 않는 겁니까? 우리와는 또 다른 선택을 받은 자들인가요? 그리고 왜 어느 날부터 그 사람들이 보이지 않는 거지요?"

이번엔 안내자 쪽에서 한동안 말이 없었다.

"그들은… 사람이 아닙니다."

"네? 그, 그럼 혹시 흡혈귀란 말인가요?"

"하아. 그래요, 때가 되면 모든 진실을 말씀드리려 했지요. 간혹 흡혈귀가 될 운명을 타고났으나, 교화되어 그 날카로운 이로도 결코 사람의 피를 빨지 않는 개체가 있습니다. 우리는 그들에게 무별촌을 위해 살아서 봉사할 기회를 주었습니다."

"그럼, 지금은 봉사를 마치고 밑으로 내려간 것인가요?"

안내자는 다시 잠시 손을 멈추고 천장을 물끄러미 보았다.

"내려갔다… 그래요, 그 말이 맞는 것 같습니다. 그들 대부분은 그들이 있어야 할 곳으로 갔지요. 나머

지도 곧 그러할 것입니다."

"그럼 그 후에 그들은 어떻게 지내게 되는 건가요?"

"흡혈귀에 대해 궁금한 게 많으신가 봅니다."

"아니요, 아니요, 그저 이야기를 나누다 보니…."

"영원한 저 지옥 불에 불타고 있겠지요."

"지옥이요?"

"흡혈귀가 갈 곳이 달리 있겠습니까."

"그렇다면, 그들이 죽었다는 말씀이신가요?"

"흡혈귀들은, 추위를 견디지 못해요. 바람이 차지면, 그들은 그들이 있어야 할 곳으로 가지요. 애당초가야 했던 곳, 그저 연옥에 머물며 잠시 유예되었던곳. 불타는 지옥으로."

안내자는 핵심을 교묘하게 비켜나는 말들로 도진의 정신을 사로잡고 있었다. 옷도 없이 야외에서 일을하면, 사람인들 견딜 수 있을까? 숱한 감염자들이 무별촌에 숨겨져 노동을 하다 죽어 나갔겠지. 그리고 살아남은 이들은 이곳에서 쓸모가 다하면 짐짝처럼 갇혀 있다 공장으로, 일터로 보내져 다시 착취당하겠지. 주먹이 떨려왔다. 내가 모든 것을 지켜보고 있는 줄 꿈에도 모를 도진은 등신같이 순종적인 몸짓으로 다음비닐을 벗길 뿐이었다. 도진이 열어젖힌 비닐 속에서 덩어리 하나가 툭 굴러 나왔다. 순간 기묘한 위화감이랄까, 기시감이 나를 덮쳤다. 어쩐지 저 물체가 낯설지 않게 보였다. 조심스레 고개를 빼 그것을 자세히 뜯어보았다. 마치 멍이 든 듯, 푸른 얼룩이 배긴, 고기처럼 도륙된 살점. 그런데 멍이라기에 그것은 너무나 쨍한 푸른색이었고, 선명한 경계선이 있었다. 머릿속에 퍼뜩 스치는 것이 있었다. 설마, 설마. 말도 안 돼. 중얼거리는 사이 도진은 덜덜 떨리는 손으로 비닐을 헤집어 무언가를 찾기 시작했다. 나는 그가 내가 떠올리는 것을 찾아내지 않기를 간절히 빌었다. 그리고 마침내 도진이 그것을 찾아 꺼내버렸을 때, 그리고 또 찾아내었을 때, 마지막 하나를 찾아내어 그것들이 서늘한 철판 위에 포개질 때… 나는 비명을 지르지 않으려 혀를 깨물었다. 푸른 얼룩이 묻은 살 조각들이 맞닿자, 파란 꽃문양이 모습을 드러냈다. 삐뚤삐뚤 균형이 어긋난 형태였지만 그것이 누구의 팔에 새겨진 문신인지 선연히 알아볼 수 있었다. 자그만 꽃송이, 겨우 세 해 전의 어떤 생일. 그것을 새긴 손목이 쓰러진 나를 쓰다듬던 감촉이 생생하게 살아났다. 파르르 뺨이 떨렸다. 가슴이 쿵쾅대고 어지러워 수풀 가지를 꽉 잡고 쓰러지지 않으려 애쓰는데, 귓가에 찢어질 듯한 비명이 들려왔다. 아니, 기억 속에서.

— 다들 미쳤어! 그걸 보고도 아무렇지도 않다고요?

그 말을 외치던 이가 누구였던가. 나는 알았다. 아이를 잃고 기이한 집단에 어쩔 수 없이 들어오고도, 웬 남자의 귀가 잘린 것을 걱정하고 그의 아내인 나를 걱정해주던 여자가 지금 죽어서 내 앞에 있다. 고깃덩어리처럼 파괴되고, 훼손되고, 끝내 잡아먹히려. 그 순간 깨달았다. 흡혈귀라는 이름에 희생자, 라는 낱말을 넣으면 모든 것이 설명된다는 것을. 내가 마신 피는 누구의 것이었나? 고기인 줄로만 알고 씹고 삼키고 소화시킨 살은, 누구의 딸이고 여동생이었나? 지금 저들이 내일의 식탁에 올리려 만지고 있는 것은, 어떤 누구의 엄마였나. 질문들이 머릿속으로 답과 함께 빠르게 쏟아졌다. 멀쩡한 사람의 몸을 흡혈귀라 속일 수 있다면, 사람을 죽인 사람 역시 흡혈귀라 부를 수 있다. 희생자가 괴물이 되고, 괴물이 선량한 사람이 되고, 산 자의 피를 빠는 거대한 흡혈귀가 얼마든 핑계를 댈 수 있는 곳. 그게 세상이었다. 그게 내가 살던 세상이었고, 지금 발 디디고 있는 곳이었다.

"뭐 하십니까? 분류가 끝났으면, 이제 함께 옮기시지요."

안내자가 도진을 향해 천천히 고개를 돌렸다.

"어디로 말입니까?"

"아시잖습니까? 양식을 가공하는 곳으로 가야지요. 오늘, 최후의 만찬을 준비해야지요."

안내자는 끌차에 시신이 담긴 양동이를 옮겨 싣기 시작했다. 도진은 가만히 서 있다가 그를 거들었다. 나는 눈을 뜨고 그 풍경을 바라보면서도 아무것도 할 수 없었다. 엄마를 보낼 때 그러했고, 예서를 보낼 때 그러했듯이. 안내자가 문을 열고 수레를 끌었다. 도진은 뒤에서 그것을 밀었다. 바퀴가 굴러갔다. 무심히 흙먼지를 일으키며 굴러간 바퀴는, 또 다른 처소 앞에 멈췄다. 나는 다시 흙바닥을 기어 그들의 가까이 다가가 몸을 숨겼다. 끼익, 또 다른 창고의 문을 열고, 안내자는 수레를 아예 공간 안으로 끌고 들어갔다.

"무겁기도 하군요."

이마에 맺힌 땀을 닦으며 안내자가 내뱉었다. 이어서 흩어진 여자의 시신을 탁자 위에 올려놓기 시작했다.

"오늘도, 식사는 저희끼리만 준비하는 것인가요?"

도진이 물었다.

"그럼요. 그런 요일이지 않습니까."

"다른 사람은 누구도 돕지 않나요?"

안내자가 뱀 같은 웃음을 터뜨렸다.

"도움이 필요하십니까?"

"아니요. 그저 다른 분들은 무엇을 하나 궁금해서."

"오늘 저녁은 평범한 날이 아니지 않습니까. 모두 각자의 자리에서 준비하고 있겠지요. 어둠이 사라질 밤을요."

안내자는 도진을 등지고 시신의 비닐을 벗기며 말했다.

'어둠이 사라질 밤?'

최후의 만찬이라는 조금 전 그들의 대화가 기억났다. 어둠의 정도로 보건대 통상 저녁 식사를 하던 시간은 이미 지난 것이 틀림없을 텐데. 오늘 이곳은 아직 식사 시간을 가지지 않았나 보다. 여태 그런 적은 없었는데, 대체 왜? 커지는 의문이 도망치던 나를 그곳을 벗어날 수 없게 만들었다. 안내자는 손을 들어 땀을 닦더니, 도진의 손에 짤랑 소리가 나는 열쇠 꾸러미를 건넸다. 두 번째 창고의 벽에도 찬장과 선반이 가득했다. 손바닥을 물끄러미 보던 도진이 찬장 하나를 열자, 약병이 길게 늘어서 있었다. 안내자는 멀거니 선 도진 앞으로 끼어들어 유리병 하나를 집더니 도진의 손에 쥐여주었다.

"이 약은 무엇인가요?"

"깊은 밤에도 잠 못 이루는 가족들이 있는 것을 아실 테지요. 가족님, 아니 안내자님께서도 한때는 그러하셨으니까요. 오늘 저녁 양식 후 효소를 나눠 마실 때, 모두의 잔에 하나씩 넣어주세요. 혹여라도 잠 못 이뤄 울다가, 굶주린 악귀에 물려가지 않도록."

"네? 그럼 이건⋯."

그제야 나는 무별촌에 온 이후 가끔 찾아오던 불면 사이사이 나를 깊은 잠에 빠져들게 하던 감각이 이상하리만치 익숙한 까닭을 깨달았다. 예서를 잃고 병원에 다니던 초기, 잠이 안 온다고 호소하면 의사는 수면제의 용량을 높였고 그때마다 나는 기절하듯 잠이 들었다. 높은 용량을 쓴 만큼 내성 또한 빨리 생겨, 이내 약을 먹고도 벌건 눈으로 지새우던 날이 잦아졌지만 말이다. 입소자들에게 말도 없이, 제공하는 효소물에 약을 타서 준 모양이었다. 대체 무슨 수면제를 쓰기에 약이란 약엔 내성이 생긴 나까지 곯아떨어지게 만들었는지 궁금한 노릇이었다. 그러고 보니 찬장 안엔 수면제라기엔 지나치게 많은 종류의 약과 낯모를 가루들이 즐비했다.

"자, 그리고 이것."

안내자는 수북이 쌓인 봉투 중 하나를 꺼내 도진의 손에 쥐여주었다. 도진이 투명한 봉지를 흔들자, 그 안에 뭉쳐 있던 흰 가루가 날아가는 나비의 분비물처럼 우수수 쏟아졌다. 안내자는 뒤돌아 자그만 냉장고를 열고 그 안에 보관된 혈액 팩들을 꺼냈다. 그리고 오각형의 유리병들을 탁자 위에 늘어놓곤, 팩의 밸브를 열어 병 하나하나에 피를 채워 넣기 시작했다.

"뭐 하십니까?"

그러다 말고 안내자가 도진을 향해 물었다.

"네?"

"어서 가루를 넣으세요."

"지금 나누고 계시는 피에 말입니까?"

"다른 곳이 있습니까?"

"이게 무엇인데요? 이것도 잠이 편히 오게 하는 약인가요?"

풋. 도진의 말에 안내자는 조그맣게 웃었다. 그러더니 비웃음 띤 눈으로 도진을 보며 말했다.

"들고 계시는 게 무엇인지, 누구보다 잘 아실 텐데요."

"네?"

"여러 번 드시지 않았습니까. 우리와 진정한 가족이 되실 때, 지도자님을 뵙고 나서, 그리고 비로소 안내자가 되셨을 때."

안내자가 나열하는 사건들을 나도 어지러이 되짚어 보았다. 안내자가 되었을 때를 빼고 그 순간들에 도진은 나와 함께였다. 그때마다 내가 먹었던 게 무엇이었나. 마침내 답에 도달했을 때, 온몸이 뻣뻣이 굳었다. 피, 피였다. 붉은 피가 하릴없이 입술을 타고 목으로 들어올 때 나를 덮치던 기이한 비현실감, 괴로운 두근거림. 이전에 경험해본 적 없던 불쾌한 감각이었다.

"그래요, 세상 사람들은 그것을 마약이라 말하지요."

"네?"

"정말 그럴 수도 있겠습니다. 그들은 이 귀한 것을 먹고서 겨우 색을 탐하고, 웃고 떠들고, 그러다 세상의 법으로 심판받으니까요."

안내자가 도진에게 다가가 봉지를 꼭 쥔 손을 맞잡고 광기 어린 눈으로 속삭였다.

"하지만 우리는 이 세상에 속해 있지 않습니다. 그러므로 우리 손에 닿는 모든 것은, 곧 물이 포도주가 되듯 하나같이 고귀한 천사의 가루가 되고⋯."

그러곤 자신이 감싼 도진의 손을 꾹 쥐고 움직여, 손에 들린 봉지의 입구를 열게 만들었다.

"마침내 두려움을 이겨낸 우리는, 드디어 온전해져

낙원으로 돌아가는 것입니다. 영원히 돌아오지 않을, 이별 없는 곳. 낙원 말입니다."

두 사람의 손을 통해 봉투에서 병 속으로 흰 가루가 차례차례 우수수 쏟아졌다.

"오늘입니다. 오늘 밤 달이 떠오르면, 우리는 더 이상 세상의 굴레에 속하지 않게 됩니다. 오늘이 바로, 오래 기다린 예언이 성취될 그날이니까요. 다만 하늘의 비밀을 모두가 미리 알고 이해할 수는 없지요. 그러니 밤이 되기 전까진, 비밀을 지키셔야 합니다. 오늘 밤에 일어날 거대한 기적에 대해. 그들을 지키기 위해서."

안내자가 도진의 허리를 뒤에서 꽉 끌어안았다.

"정말이지, 기쁘지 않습니까?"

머리가 삥 돌았다. 하늘이 어지러이 이지러졌다. 벽화. 하늘로 오르는 벽화. 도진은 대답 대신 숨이 막히는 듯 캑캑 기침을 뱉다 겨우 입을 열었다.

"안내자님, 감히 한 가지만 여쭈어도 되겠습니까?"

"무엇을요?"

"왜, 하필 오늘입니까?"

안내자는 도진을 안았던 팔을 풀고 갑자기 차가운 표정이 되더니, 쿡, 웃음을 내뱉곤 말했다.

"때가 이르렀으니까요. 감히 우리를 거스르고 의심

하는 이들이 늘어나는 것을, 보셨지요? 어쩌면 도망자는 또 나올지 모릅니다. 그 전에, 또 다른 영혼을 우리의 품에서 허무히 잃기 전에, 서둘러야 합니다."

말을 마친 안내자는 도진의 머리에 입을 맞추었다. 그리고 그를 일으켜 세우며 조금 전 수면제라 부른 약병을 안겨주었다.

"여전히 의심에 휩싸인 이들이 누구인지, 누구보다 잘 아시지요? 저녁 식사 후 그들의 잔엔 우선 이 약을 베풀어주세요. 그 후의 일은 저희가 알아서 하겠습니다."

의심하는 사람. 그 말을 듣자마자 나는 윤정의 얼굴이 떠올랐다. 가슴이 미친 듯이 뛰어 입 밖으로 튀어나올 것 같았다. 도진은 구석 은쟁반 위에 있던 은잔 두 개에 효소를 따르고, 거기에 병 속 파란 알약을 하나씩 떨어트렸다. 약은 거품과 함께 순식간에 녹아들었다. 도진이 은쟁반을 들고 창고를 나서 밤 속으로 걸어갔다.

혼자 남은 안내자는 허리를 굽혀 구석에서 기계 하나를 끼익 끌어 꺼내왔다. 날카롭게 빛나는 물체. 그것의 정체를 알아본 순간 이성을 붙들고 있던 마지막 끈이 툭, 끊어지는 것 같았다. 작은 크기의 육절기, 고기를 자르는 기계였다. 안내자는 그것을 탁자 위에 내던

지듯 올려놓고 조금 전 밀고 온 수레 속에 손을 넣더니, 조각난 사체들을 무신경하게 뒤적거리기 시작했다. 나는 머리끝으로 피가 솟구쳤다. 툭툭, 토막 난 시신들을 들어 무심히 보고 다시 던져 넣기를 반복하던 안내자의 손에 푸른 꽃이 새겨진 팔뚝이 잡혀 올라온 순간, 나는 수풀에서 튀어 나가 그를 향해 달려들었다.

"누구야!"

날카로운 비명을 지르는 안내자의 입을 틀어막고, 다른 손으로 선반을 정신없이 훑었다. 우당탕, 유리병과 단지들이 바닥으로 떨어지고 분노로 떨리는 오른손에 뭉클한 것이 잡혔다. 조금 전 도진이 은잔에 부어 넣은 가루 봉투였다. 나는 왼손으로 안내자의 턱을 그러쥐어 입을 찢을 듯 벌리고, 봉투의 아가리를 열어 그 입과 코에 하얀 가루를 와르르 쏟아놓았다.

"읍, 읍!"

몸부림치며 고개를 격하게 움직이는 안내자의 입과 코를 있는 힘껏 틀어막았다. 작지만 탄탄한 그 몸은 나보다 나이가 들었다 한들 맞붙기가 쉽지 않았다. 우리는 뒤엉켜 바닥을 굴렀다. 그가 내 밑에 왔을 때, 무릎으로 양팔을 누르고 허벅지를 깔고 앉은 채로 그의 호흡기를 틀어막은 손에 힘을 빼지 않으려 애썼다. 온몸

근육이 부들부들 떨렸다. 그가 버둥거리며 사지를 뻗었다. 바르르 떨리는 그의 손이 내 옆구리를 계속 할퀴었다. 내 몸엔 점점 힘이 빠져 가는데, 상대는 그렇지 않은 것 같았다. 시간이 흘러도 근육에 힘이 빠지거나 몽롱해지려는 기색이 보이질 않았다. 내 입에서 탄식처럼 가쁜 숨이 흘러나왔다. 등을 들썩이며 그를 노려보는데, 어디서 익숙한 소리가 들렸다.

지나갔습니다.

지나갔습니다.

다 지나갔습니다.

다아 지나갔습니다.

밭은 숨을 내뱉던 입이 탁 벌어지며 고개를 뻗어 소리의 근원을 찾았다. 그 순간, 안내자가 내 팔을 밀쳐 내며 악을 썼다.

"아아악! 사람 살려!"

비명을 지르는 안내자를 향해 급히 돌아서는데, 탁자에 몸이 부딪치며 그 위에 있던 육절기가 텅, 소리와 함께 누운 그 얼굴을 향해 떨어졌다. 이마에 한 번 부딪친 스테인리스 기계는, 이내 그의 눈을 짓이기며 땅으로 굴러 내렸다. 그리고 안내자의 누운 몸은 이내 미동을 멈추었다. 나는 그제야 정신이 돌아왔다. 떨리는 손을 들어 바라보았다. 무슨 일이 일어나고 있는 거지. 혼란스러운 머릿속에 떠오르는 말은 단 하나였다.

도망쳐, 마지막 기회야.

나는 무릎을 세워 급히 창고 밖으로 달려 나가다, 멈춰서 몸을 돌렸다. 창고로 돌아가 안내자의 망태기를 뒤졌다. 안에 든 조그만 조리개를 열자 열쇠 꾸러미가 나왔다. 나는 창고를 빠져나와서, 부들부들 떨리는 손으로 창고 문에 맞는 열쇠를 찾아 끼워 넣었다. 철컥. 짧은소리와 함께 문이 단단히 잠겼다. 그 앞에 서니 무별촌의 풍경이 한눈에 들어왔다. 까만 하늘 아래, 내 몸을 숨겨주었던 덤불은 그저 바람에 가벼이 흔들리고 있었다. 아무 일도 없는 듯이, 어떠한 비명도 들리지 않은 듯이. 나는 잠시, 이 추운 계절 날이 어두워지는 시간에 산에서 내려가는 일을 그려보았다. 눈앞이 캄캄했다. 여기서 시간을 지체해 머무는 일을 또 그려보았다. 이번엔 머릿속이 하얘졌다. 하얘진 머리로 나는 정했다. 그래, 떠나자. 무슨 일이 벌어질지 모르는 오늘 밤이 오기 전에 떠나자. 저 멀리 보이는 아치를 향해 달리려 발을 내디뎠다. 그때, 귓가에 날카로운 소리가 들렸다.

지나가지 않았어!

반사적으로 귀를 막고 땅바닥에 엎드려보아도 소리는 계속 들려왔다.

지나가지 않았어! 아직 지나가지 않았어!

덜덜 떨며 일어서는데, 나도 몰래 입에서 같은 말이 나왔다.

지나가지 않았어.

아직, 지나가지 않았다. 나는 출구를 향했던 몸을 돌려, 무별촌 한가운데로 달리기 시작했다. 윤정을 찾아서. 윤정을 이곳에 버려두고 떠날 수 없었다.

그때 갑자기 스피커에서 안내방송이 나왔다.

지금 바로 대강당으로 모여주십시오. 다시 안내합니다. 지금 바로 대강당으로 모여주십시오. 때가 이르렀습니다.

쿵쿵쿵, 땅이 울렸다. 사람들이 달려가는 소리가 저 멀리 들려왔다. 그리고… 하늘에서도, 소리가 났다.

툭, 투둑, 툭. 비가 쏟아지고 땅이 갈라지는 소리.

나는 고개를 들어 하늘을 보았다. 곳곳을 밝힌 붉은 조명 아래 빗물은 핏물처럼 보였다. 툭, 툭, 툭. 핏방울 같은 빗물이 떨어질 때마다 땅의 진흙이 꿈틀거렸다.

톡, 톡, 톡.

투욱!

난데없이 쏟아진 거센 장대비가 진흙을 쓸어내자 땅을 뚫고 모습을 드러낸 건, 백골화된 손가락이었다. 이어 팔꿈치와 어깨 그리고 갈비뼈가 모습을 드러냈다. 이곳에 얼마나 많은 생명이 묻힌 것일까. 경악할 풍경에 정신을 차리려 애쓰는데 또 다른 손가락뼈가 땅을 뚫고 솟아났다. 그리고 또 하나의 흉곽이 올라왔다. 골반 둘, 대퇴부 셋, 그리고 두개골 넷이 올라왔다. 땅속에서 튀어나온 뼈들은 순식간에 셀 수 없이 불어났다. 그러곤 곧, 절그럭대며 서로 짝을 찾아가기 시작했다. 두개골에 경추가 붙고 긴 척추가 이어지고 쇄골이 그 위를 덮었다. 눈구멍에 안구가 차오르고, 살이 돋아나다 멈추어 너덜거리고 흘러내렸다. 그런 채로도 뼈만은 성실히 제 자리를 찾아 마른 뼈들이 사람의 형태를 갖추었을 때, 그것들은 살 껍질과 시신경을 나풀대며 달리기 시작했다. 헉, 나는 비명을 지르며 주저앉았다. 수없이 눈을 깜빡였다 다시 뜨자 뼈들은 원래의 자리에 조용히 누워 붉은 비를 맞고 있었다. 쿵쿵쿵, 그러나 진동은 계속되었다. 방송을 들은 사람들이 달려가는 소리였다. 나는 비에 젖은 머리를 털었다. 정신을 차리고 나도 그들처럼, 아니 그들보다 힘껏 뛰려 다리를 뻗고 팔을 휘저었다. 내 옆에서 잠들던 열아홉

살 소녀를 찾아서. 조금 전, 저녁을 준비하던 도진이 식전에 먹일 효소를 들고 갔고 모여서 식사를 하던 사람들이 갑작스레 호출당한 것이니 윤정도 식당에 있지 않을까. 윤정은 어리고 몸집이 작으니 줄의 앞에서 뛰어가진 못했으리라. 어쩌면 이미 약효가 돌아 쓰러져 있는 것은 아닐까? 가슴이 두근거리다 못해 뻐근했다. 혼란스러운 분위기 속에서 사람들은 옆을 보지 않고 약에 취한 눈빛으로 강당을 향해 뛰고 있었다. 그들을 피해 미친 듯이 달려 야외 식당에 이르렀을 때, 온몸에 힘이 탁 풀렸다. 이미 많은 수가 강당을 향해 가고 있거나 간 듯했고, 아직 거기서 찾을 수 있는 열댓 명 중에, 아무리 찾아도 윤정은 없었다. 심장 소리가 내 귀로 들렸다. 온몸을 떨며 서 있는데, 머릿속으로 생각이 스쳤다. 어쩌면 그 애를 찾아내 데리고 나가는 건 무리한 계획이 아닐까? 나라도 먼저 내려가 경찰에 알리든 방법을 찾든 하는 것이 맞는 건 아닐까. 정말로 이게 마지막 기회일지도 몰라. 이곳에서 도망칠, 마지막 기회. 지금 내가 선 곳은 무별촌 한가운데. 정문에서 멀지 않은 곳이었다. 나는 한참을 우뚝서서 있었다. 그리고 천천히 발을 들어, 처음 이곳으로 들어왔던 무별촌 입구를 향해 내디뎠다. 주저하던 발길은 입구가 가까워질수록 빠르고 분명해졌다. 저 멀리, 조화로 이루어진 아치가 어렴풋이 눈에 들어왔다. 드디어 입구, 아니 출구를 향해 한 걸음을 내딛는데, 어깨 위로 무언가 툭 내려앉았다. 낙엽이구나, 하며 떼어내려 손을 얹어 집는데 분명 물에 젖었을 이파리에서 파스락 소리가 났다. 가만히 손을 내려, 주먹을 펴보았다. 손바닥 위에는, 떨어져 내린 조화 꽃송이 하나가 있었다. 아주 푸른빛이었다. 나는 조화를 가만히 내려보다가, 이런 꽃을 손목에 새겼던 이의 손길을 떠올렸다. 그의 얼굴이 나의 것과 닮은 것을 기억했다. 그러다, 또 한 목소리가 떠올랐다.

— 언니 같은 친언니가 있었으면 정말로 좋았을 것 같아요.

나는 무릎에 얼굴을 묻고 주저앉았다. 걸음을 내디딜 수도, 그러지 않을 수도 없었다. 그때, 귓가에 소리가 들렸다.

지나가지 않았어. 언니, 나는 지나가지 않았어.

이 소리. 지독한 이 음성. 다, 지나갔습니다. 유령처럼 되뇌던 무별촌 사람들의 목소리로도 덮어지지 않던 목소리…. 나는 몸을 일으켜 고개를 한껏 젖혔다. 불그레한 빗물이 얼굴 가득 타고 흘렀다. 빗물을 털지도 피하지도 않고 그렇게 서 있다가 고개를 내렸다. 빗방울이 턱 끝을 타고 뚝뚝 떨어졌다. 그리고 나는 다시 달리기 시작했다. 가짜 꽃들로 가득한 입구를 등지고서. 얼굴 가득히 빗물이 부딪혀 흘렀다. 나는 입술로 흘러들어오는 비를 내뱉으면서 강당을 향해 뛰었다.

"오셨군요, 가족님."

내가 손잡이 앞에서 떨리던 손을 뻗어 강당의 커다란 문을 힘껏 열어젖혔을 때, 높은 강단 위에 선 안내자 하나가 마이크에 대고 말했다. 그 말에 바닥에 앉은 무수한 눈동자가 뒤를 돌아 나를 보았다. 나는 열린 문을 잡은 채 숨을 고르다가, 조용히 문을 닫았다.

"아니, 아니. 어서 이리로 오셔야지요."

무대 위의 안내자가 말했다. '두 번째 안내자'였다. 위에는 도진을 포함한 다섯 명의 안내자가 서 있었다. 모든 안내자가 모인 일은 이곳에 온 이후로 처음 보았다. 정확히 말하면, 나를 가뒀고 이젠 내가 가두고 온 이, 총 여섯 명의 안내자 중 하나는 빠진 채였지만. 나는 머리칼에서 비를 뚝뚝 흘리며 가만히 서 있다가, 사람들을 사이를 가르고 천천히 강단을 향해 걸어갔다.

"다들 얼마나 기다렸는지 아시나요? 혹 어디서 헤매시다 날카로운 이빨에 해를 당하신 것은 아닌지…."

뻔뻔스럽게도. 마이크를 잡은 안내자는 나를 가둔 이들 중 하나는 아니었지만 겨우 반나절 전 내게 있던 일을 모를 리 없었다. 그들이 어디까지 아는지는 알 수 없었다. 저희 중 하나가 나타나지 않은 까닭은 알까? 이미 그를 발견해 사태를 파악하고 먹잇감처럼 나를 기다린 건 아닐까? 알 수 없다. 아무것도 알 수 없다. 나는 뚜벅뚜벅 걸어가 강당 바로 밑, 모여 앉은 무리의 맨 앞줄에 멈춰서 강당 위의 다섯 명을 차례차례 노려보았다. 도진 앞에선 유독 오래 시선이 머물렀다. 나의 시선에 흔들리는 그의 눈빛이 무얼 담고 있는지, 알 수 없었다. 그렇게 오래 살을 섞고 살았어도, 실은 늘 그래왔다는 걸 이 순간 깨달았다. 그때 거친 손길이 내 손목을 홱 잡아당겼다. 그 통에 휘청대며 넘어지듯 자리에 주저앉게 되었다. 앞줄 맨 끝자리에 앉은 이가 나를 끌어당겨 앉힌 것이었다. 그는 이어 내 손을 결박이라도 하듯 꽉 잡았다. 표정을 알 수 없는, 싸늘한 눈빛이었다. 바닥에 앉은 나를 저 위에서 물끄러미 내려다보던 두 번째 안내자는, 마이크를 잡고 다시 말을 이었다.

"최근 우리는 안타까운 일을 거듭 겪어야 했습니다. 우리와 매일 양식을 나누고 피를 마시고 진리를 향해 나아가던 가족 한 명이 악의 손에 잡혀갔지요."

142

옆 사람에게 단단히 잡힌 손이 부르르 떨렸다.

"그리고 이어서 오늘, 너무나 애달프게도, 서글프게도! 우리는, 그동안 우리를 안내하던 안내자 중 하나를 보내야만 했습니다."

꿀꺽, 침이 넘어갔다.

"오늘 밤은 우리에게 무척 특별한 밤이 될 것입니다. 이 밤을 준비하기 위해 모이던 중, 안내자 하나가 보이지 않는 것을 알아차렸지요. 그분을 찾아 나서려 하는 순간, 저 하늘에서…."

그는 팔을 쭉 뻗어 검지로 천장을 가리켰다.

"비, 아니 진노의 피가 내리기 시작했습니다. 때가 된 것이지요. 그래요, 때가 되었어요. 그 순간 우리는 느꼈습니다. 더는 지체할 새가 없다는 것을요. 그리하여 이렇게 서둘러 모이기에 이르렀습니다."

그는 별안간 고개를 홱 돌려 나를 보더니 양 입을 귀까지 끌어올려 웃었다.

"하지만 참으로 다행스럽게도, 자취를 감췄던 가족 한 분은 이렇게 이곳으로 무사히 돌아오셨군요."

문득 옆구리가 욱신거렸다. 손으로 통증 부위를 움켜쥐자 발간 피가 묻어나왔다. 상의 위로 핏자국이 번지고 있었다. 몸싸움 중 다친 모양이었다. 그 와중에 무대 위 안내자들이 분주히 움직이는 것이 보였다. 연사 뒤에 나란히 늘어선 세 안내자가 커다란 자루를 꺼내 옆으로 옆으로, 서로에게 전달하고 있었다. 마지막으로 자루를 받아 든 건 도진이었는데, 꽤나 무거운 모양인지 순간 앞으로 휘청하는 모습이 보였다. 대체 저안에 든 게 무엇인지 궁금했다. 그때 맨 앞에 선 안내자가, 마이크가 세워진 강대상 위에 올려둔 거대한 은향로 뚜껑을 열었다. 그러자 맨 왼쪽에 선 안내자가 커튼 뒤에서 잔이 가득 담긴 은쟁반을 차례 차례 꺼내기 시작했다. 그 옆에 선 안내자가 쟁반을 강대상 앞으로 옮기고, 귓속말을 들은 도진은 향로에 든 붉은 액체를 잔에 나눠 따랐다.

"여러분."

안내자가 입을 열었다.

"그러나 우리는 이 밤, 슬퍼하기 위해 모이지 않았습니다. 아니, 오히려 기뻐하고 다 함께 노래하기 위해 모였지요. 한 분의 자리가 빈 채로 안내자들끼리 이곳으로 오며 한참을 생각했습니다. 긴 시간 이곳에서 함께하며 앞세워 보내야 했던 우리의 소중한 가족들, 그리고 오늘 잃은 안내자님이 간 곳에 대해서요. 그러니 우리에게 가족이라 함은, 지금 여기 모여 있는 우리뿐만이 아니요 먼저 떠나보내야 했던, 우리의 옛 가족을 모두 포함합니다."

안내자 하나가 도진이 채운 잔이 들린 은쟁반을 사람들에게 내밀고, 모여 앉은 사람들은 성찬식인 양 옆으로 잔을 돌렸다. 내 손에도 잔이 도착했다. 빨간 피로 찰랑이는 작은 잔을 들고서, 내 눈은 무대 위에 고정되어 있었다. 도진이 제 앞의 자루 입구를 열어 거기 고개를 넣고 뒤적거리더니, 갑자기 하얗게 질린 얼굴로 정면을 응시했다. 그때 나와 그의 눈이 마주쳤다. 도진은 흔들리는 눈으로 나를 바라봤다. 저 인간, 겁먹었구나. 익숙한 표정이었다. 불길함이 등줄기를 타고 흘렀다. 나는 조용히 작은 잔에 든 것을 발밑에 부어버렸다.

"그래요. 그들은 대체, 어디로 간 것일까요? 그간 우리가 무별촌에 모여 함께 피눈물을 나누며 알고자 한 것은 바로 그것이었습니다. 누군가를 다시 만나려면, 그래서 끝내 헤어지지 않으려면, 먼저 그들이 어디 있는지 알아야 하겠지요. 이젠 여러분도 아시리라 믿습니다. 그들은 낙원에 있습니다. 들리시나요? 수 해 전 먼저 떠나간 여러분의 아들도, 딸도, 어머니와 남편도… 아니 우리가 사랑한 모든 이들이, 지금 이 순간 저 하늘 위 고결한 낙원에서 부르는 노랫소리가…."

그가 떠드는 사이 다른 안내자 둘은 도진이 들고 있는 자루에서 반짝이는 물체를 한 움큼씩 꺼내 들고, 도진의 품에도 그것을 안겨주었다.

— 이제 우리는 돌아가지 않으리, 저 타락한 세상에….

칼. 칼이었다. 자루에서 꺼낸 칼을 한가득 품에 안은 안내자들이 입을 모아 노래하기 시작했다. 하늘이 한 바퀴를 돌았다. 마지막 밤이라는 것이, 정말 이것이었어? 끔찍한 예감이 현실이 된 순간, 이제 강당 안엔 잔이 아닌 칼이 돌아가기 시작했다. 모여 앉은 사람들은 아무 의심도 반항도 모르는 순한 양처럼 칼을 받아 들고 그걸 옆 사람에게 건넸다. 내게도 칼이 점점 가까워졌다. 결국 내 손에 들린 무거운 칼자루를 내려다보는데, 가슴 한가운데를 칼날이 가르고 헤집는 것 같았다. 무언가 해야 했다. 지금 이곳에서 무슨 일이 일어날지 정확히 몰라도, 무언가를 막아야 한다. 직감적으로 알았다. 그러나 어떻게? 머릿속은 또다시 먹구름처럼 까매졌다. 안내자는 다시 말을 시작했다.

"여러분. 오늘 이 자리에, 끝내 한 분의 안내자는 돌아오지 않으셨지요. 그분은 지금 어디에 계실까요? 불과 몇 시간 전까지 함께 마지막을 준비하던 그분이 언제, 어떻게 이곳을 떠났는지는 몰라도… 우리는, 이것만은 압니다. 우리의 소중한 안내자님은 지금, 조금 더 서둘러 낙원에 도착해 우리를 맞이하기 위해 기다리고 계실 거라는 사실 말입니다."

그 말과 함께, 무대 뒤에 모여선 안내자들도 저들끼리 잔을 돌리기 시작했다. 나는 손에 들린 빈 잔을 더욱 꼭 쥐었다.

"때가 되었군요."

안내자가 비장하게 입을 열었다.

"피를 나눈 가족들이여, 이 순간 두려움 없이 이 잔을 비웁시다."

안내자는 잔을 든 손을 하늘 높이 들어 보였고, 그의 말이 끝나기 무섭게 강당을 빼곡히 채운 수많은 사람이 일제히 입술에 잔을 대고 고개를 젖혔다. 한 점 질문도, 저항도, 망설임도 없이. 그의 언어가 하늘에서 내려온 전언이라도 되는 양. 아연해 그 모습을 보던 나는 옆 사람의 시선을 의식하곤 덜덜 떨리는 손으로 빈 잔을 기울여 입안에 털어 넣는 시늉을 했다.

"자, 드디어 끝의 끝, 그토록 기다리던 순간이 도달했습니다."

잔을 내려놓고 입가에 흐르는 피를 닦으며 연사 안

내자가 말한다.

"가족들이여, 이제 품에 안은 것을 날카로운 쪽을 위로 하여 잡으세요."

내 귀를 의심했다. 칼날을, 제 목에 겨누라고? 그러나 잔을 비우고 눈이 풀린 사람들은 이미 그 말을 따라 칼자루를 바투 잡고 있었다. 말을 하는 이 역시 정체를 알 수 없는 희열에 담뿍 취해 나 따위는 이젠 바라보지도 않았다. 식은땀이 잔뜩 나는 느낌에 고개를 내리자, 옆구리에 난 상처에서 땀이 아닌 피가 배어 나오다 못해 발밑에 빨갛게 고인 것이 보였다. 똑, 똑. 핏방울이 계속 바닥을 두드렸다. 그때마다 얇은 합판으로 덧대진 바닥이 톡, 톡, 소리와 함께 요동쳤다. 심장이 터져나갈 것 같고 숨이 가빠왔다. 금방이라도 저 마룻바닥을 뚫고, 조금 전 산길에서 그랬던 것처럼 하얀 뼈들이 솟아날 것만 같았다. 툭, 굵은 핏방울이 떨어지는 순간 낡은 마루가 갈라지고 그 순간 내 안에서도 신호처럼 툭, 소리가 났다.

"아아악!"

나는 악을 쓰며 사람들을 헤치고 출입구를 향해 미친 듯이 달렸다. 살아야 해. 어떻게든 살아야 해. 머릿속에선 그 말만이 웅웅거렸다.

"가족들이여, 동요하지 마세요! 동요하지 마세요!"

강단에서 다급하게 외치는 소리가 들렸다.

"모두가 함께 구원받을 수는 없지요! 그러나 저자는 이곳에서 나가지도, 우리의 거룩한 계획을 막아서지도 못합니다."

옴짝달싹하지 않는 문을 부서져라 흔들고 온몸으로 밀어대는 사이 두두두, 저 끝에서 사람들이 달려오는 소리가 났다.

"더는 두려워할 필요가 없습니다. 이 타락하고 불완전한 세상에서 더는, 더는 아픈 몸과 피 흐르는 가슴을 안고 끝내 짓물러 썩어 들어가는 살이 되어 한 줌 재로 변할 일이 없다, 이 말입니다. 더는 우리 중 누구도 흡혈귀에게, 사람에게, 병에게 해를 입어 벌거벗겨진 채 죽고, 피고름과 분변을 흘리며 침상에서 죽어갈 필요가 없어졌단 말입니다. 때가 이르렀습니다! 이제 우리는 알지요. 적어도 여기 모인 우리는 알지요. 여태 우리를 울게 만든 것이 무엇이었는지. 우리가 무엇을 잊고, 무엇을 털어버리기 위해 여기 왔는지! 낙원입니다. 어떠한 이별도 고통도 없는 곳, 오늘 밤 우리는 그곳에서 다시는 이별하지 않기 위해, 잠시 머물던 셋방 같은 추악한 세상을 버리려 합니다."

혁, 혁. 내가 숨을 몰아쉬며 문을 열려 계속 애쓰는데, 강단에 선 이가 돌연 팔을 들어 칼날을 제 목에 갖다 대었다.

"여러분! 우리의 손 안에 무엇이 있습니까? 제아무리 사나운 흡혈귀도 무릎 꿇게 만들었던 날 선 검이 있습니다. 무엇을 해야 할지 아시리라 믿습니다. 이날을 위해 우리 안내자들이 오래도록 여러분 앞에 본을 보여왔지요!"

안내자가, 코가 잘려 나가 구멍만 남은 제 안면부를 움켜쥐며 부르짖었다.

"두려우십니까? 정녕, 두려우십니까? 이겨내세요. 혹여라도 시험에 든다면 이겨내세요! 육체의 유혹에 속지 마세요. 짓무르고 냄새나고 끝내 사그라들 육신의 거짓말에 속지 마세요! 고통은 지나가고, 이별도 지나가고, 잠시 후면 우리는 고통과 이별 없는 곳에서 모두 만납니다. 우리가 함께 가므로, 이별 따윈 더 이상 없습니다!"

그리고 그가 손을 휘두르자, 칼날에 베인 목에서 피가 솟구쳤다. 누가 비명을 질렀는가? 똑똑히 보았다. 하얗게 질려 경악하는 사람들을. 붉은 피를 뿜어내는 너덜대는 목 앞에 눈을 가리고 절규하고 출입구를 향해 달려오는 사람들을. 또 똑똑히 보았다. 같은 순간 손에 든 칼을 휘둘러 자신의 배를, 목을, 가슴을 찌르는 사람들을. 옆 사람을 베는 사람들을. 부모를 피해 달아나며 울어대는 아이들의 찢어지는 소리를. 살고 싶은 이들이 문 앞으로 몰려들었다. 그보다 빠르게 내게로 달려온 세 명의 안내자는, 서로 팔짱을 단단히 끼고 가슴 앞 모은 손에 칼을 든 채 출입문을 막고 서 있었다. 그중 오직 도진만이 떨고 있었다. 언제나처럼 이 남자는 자기가 지금 하는 일이 무엇인지 알지도, 확신을 두지도, 과감히 거기서 돌아서지도 못한 채 어정쩡한 자세로 서 있었다. 그의 가슴이 크게 오르내렸다. 질문을 하느니 차라리 숨죽이는 것이 편하던, 그런 사람.

"비켜! 문 열라고!"

"죽으라며? 너희를 따라 죽으라며? 그런데 너희는 칼을 왜 손에만 쥐고 있어! 저 사람들은 저렇게 죽었는데!"

죽음을 택하는 대신 문 앞으로 몰려와 흥분한 이들에게 안내자 하나가 차분히 답했다.

"저희는 여러분을 지키기 위해 이곳에 있습니다."

"여러분이 한 분도 남김없이 낙원에 도달하신 것을

확인한 후, 지도자님이 오시길 기다려 저희도 따라갈 겁니다."

나는 몰려든 사람의 수를 헤아려보았다. 열댓 명. 그 수많은 사람 중에 겨우 열댓 명. 그리고 누구도 챙기지 않아 벽 쪽에 붙어 울고 있는 아이 둘. 참혹한 마음으로 그 안에서 내가 찾는 얼굴을 발견하려 노력했다. 그러나 윤정은 거기 없었다. 예서가 더는 세상에 없듯이. 한순간 나를 둘러싼 공기가 공허하게 느껴졌다. 맥이 풀렸다. 내가 누구를 찾아 여기로 왔는데. 어째서, 어째서 언제나 나는 한발 늦지. 어째서 나는 언니, 하고 나를 부르는 손을 매번 놓치지. 사람들은 출구를 향해 이제 힘으로 밀어붙이기 시작하고, 비좁은 곳에 몰린 그들의 무게가 맨 앞에 선 내 가슴을 짓눌렀다. 정신이 아득해져 오는 순간, 소리가 들려왔다.

언니.

나는 무력하게 작아지던 눈을 부릅뜨고 고개를 뻗었다.

언니!

목소리는 울음에 젖어 있었다. 예서야. 얼이 빠져 중얼대며 바삐 눈을 움직이다 깨달았다. 언니, 언니,

연거푸 부르며 울고 있는 건 초등학생쯤 되어 보이는 아이의 품에 파고든 그보다 자그만 아이였다.

"예서야!"

예서가 아닌 줄 알면서도, 내 입에서 그런 소리가 터져 나왔다. 무덤을 가린 돌을 치우듯 나를 둘러싼 사람들을 있는 힘껏 밀며 그들을 거슬러 걸어갔다. 나갈 수 있는 문이 아닌, 시신이 가득한 강당의 한가운데로. 울고 있는 아이들에게로.

"언니⋯."

제 언니를 부르며 앙앙 우는 아이와, 겨우 그보다 조금 큰 아이를 내 품에 와락 안았다.

"괜찮아, 괜찮아."

하나도 괜찮지 않은 걸 알면서 나는 그렇게 말했다. 어린 키에 맞춰 무릎을 꿇고서 아이들의 등을 다독일 때마다 내게도 속으로 말했다. 괜찮아, 괜찮지 않지만 그래도 괜찮아. 그렇게 만들 거야. 하지만 나갈 길이 아득하게만 느껴졌다. 칼을 들고 지키고 선 저 치들을 어떻게 뚫고 나간단 말인가? 어지럼증이 느껴져 눈을 감으려던 순간, 아이만큼 낮아진 시야 끝에 낯선 것이 들어왔다. 뒷문. 정문이 있는 강당 뒤편이 아니라 오른쪽 벽 구석에 낮고 작은 문이 보였다. 아수라장이 되어버린 등 뒤의 풍경을 잠시 돌아보고, 시체가 널린 바닥을 가만히 바라보았다. 그리고 양팔 밑에 아이들을 하나씩 끼웠다.

"얘들아."

두 여자아이는 훌쩍이며 나를 올려봤다.

"뒤돌아보지 마, 절대 뒤돌아보지도, 밑에 누운 사람들을 보지도 말고, 나를 따라와."

그러곤 지옥 같은 풍경을 뒤로 하고 후문을 향해 달리기 시작했다. 발길에 끝없이 시신이 차였다. 옆구리가 점점 더 축축해졌다. 아이들은 울면서도 열심히 나를 따라왔다. 겨우 이딴 짓이나 할 거면서 무슨 놈의 강당을 이리도 크게 지었담. 입 모양으로 욕을 하면서 숨 가쁘게 달려 마침내 뒷문 근처에 다다랐을 때, 등 뒤에서 엄청난 굉음이 들려왔다. 소스라치게 놀라 뒤를 돌아보자 쿵쿵쿵 소리와 함께 요동치는 강당 정문이 보였다. 모여 선 사람들과 안내자들도 흔들리는 문을 보고 동요하고 있었다. 나와 아이들도 잠시 멈춰 서 뒤를 응시했다.

쿵.

부서질 듯 큰 폭음과 함께 일순 문이 활짝 열렸다. 그 통에 문에 등을 기대고 선 안내자들이 나동그라지고, 제 손에 쥔 칼날이 그들 각자의 배를 깊이 찔렀다. 그렇게나 단단히도 서로를 붙들고 있던 팔이 풀리고, 안내자들은 저마다 제 몸에 박힌 칼을 뽑아내려 뒹굴었다. 칼을 뽑아낸 자리에선 분수같이 피가 솟구치고, 두 명의 입에서도 붉은 피가 쏟아져 나왔다. 잠깐, 둘? 나는 거기에 도진의 얼굴이 없는 것을 발견했다. 사람들 사이를 휘 둘러봐도 도진은 보이지 않았다. 그때, 넘어진 안내자들의 몸을 짓밟으며 한 무리의 몸들이 강당 안으로 군대처럼 저벅저벅 걸어 들어왔다. 하얗고 앙상한 몸. 초점 없는 흰자와 푸른 핏줄. 하얀 송곳니를 드러내는 얼굴들.

"흡혈귀야…."

정문을 향해 자그만 검지를 삐죽 내밀고서 울먹이는 아이의 눈을 손으로 가려주었다. 절그럭, 절그럭. 뼛조각 흔들리는 소리를 내며 밀려 들어오는 감염자는 끝이 없었다. 골방을 빠져나오면서 문을 잠그지 않은 것이 생각났다. 안내자들이 피떡이 되거나 말거나, 도망치려 모여 있던 사람들은 감염자 무리가 열어젖힌 문으로 우르르 빠져나가기 시작했다. 저들은 어디로 가는 것일까? 짧게 궁금했지만, 거기까지였다. 아이들을 챙기지 않은 어른을 챙길 이유도 여유도 내겐 없었다. 나는 그저 아이들의 손을 잡고, 다시 발을 내디뎌 텅 빈 뒷문을 향해 달려 나갔다. 탕, 마침내 무거운 문이 열리고 차가운 산 공기가 우리를 맞았다.

바깥은 여전히 비가 내리고 있었다. 어디로 가야 하나 두리번거리는데, 얼마 전 입소했다가 이곳에서 사라진 아이 엄마가 생각났다. 신규 입소자들이 차를 대는 공터로 향했다.

"하….."

그곳엔, 한때 차의 부품이었을 고철 몇 개만이 나뒹굴고 있었다. 여자는 분명 도망치기 위해 아직 차를 부수지 않았다고 말했는데, 이미 안내자들이 그의 차를 처리한 모양이었다. 어느덧 밤이 깊어진 산의 공기는 몹시 찼다. 아이들도 있는데, 이대로 날이 밝을 때까지 기다려야 하는 것일까. 들어올 때 반납한 핸드폰은 어디 숨겨져 있는지 알 수 없었다. 설령 찾아낸다 해도 이 산속에서 신호는 터지지 않을 것이었다. 도진의 차 키를 찾는다 해도 마찬가지였다. 우리 부부의 차는 이미 없었으니까. 잠깐, 도진… 도진? 도진은 대체 어디로 간 걸까.

"언니!"

그때 등 뒤에서 누군가가 나를 불렀다.

"언니, 저예요. 윤정이."

"윤정아!"

나는 윤정과 눈이 마주칠 새도 없이 그 아이를 와락 껴안고 부서져라 힘을 주었다.

"미안해, 미안해… 어디 다친 덴 없어?"

몸을 어루만지고 살피며 연거푸 말했다. 윤정은 눈물 고인 얼굴로 고개를 끄덕였다.

"갑자기 때가 되었다는 방송이 나오는데 그날 본 그림이 생각나서, 이상한 기분이 들어서… 거기다 남자 안내자님이 오늘따라 저녁도 먹기 전에 효소를 주는 게 이상해서, 마시자마자 토하고 강당에 가질 않았어요. 언니가 낮부터 보이지 않으니 더 무서워서, 사람들이 저를 못 찾게 밖에서 혼자 숨어 있었어요. 언니부터 찾았어야 했는데. 죄송해요, 잘못했어요."

나는 윤정의 머리를 껴안고 눈을 감았다. 목이 잠겨 말이 잘 나오지 않았다.

"뭐가, 네가 뭐가 미안해."

"언니, 걱정하게 해서요. 그리고 언니를 못 찾아내서요."

"아니. 아니야. 아무것도 미안해할 필요 없어. 이제 너를 만났으니까, 언닌 다 괜찮아."

속에서부터 힘겹게 그 말을 꺼내는데, 꽁꽁 깊이 묻어두었던 울음이 입 밖으로 터져 나왔다. 온몸으로 비를 맞으면서 윤정을 끌어안고 함께 울었다. 다리에 매달린 아이들도 앙앙 우는 소리를 냈다. 꼭 안겨 오다 내 옆구리의 상처를 만진 윤정이 소스라치게 놀랐다.

"언니, 다쳤어요? 피가 나요!"

"괜찮아."

눈물이 비와 섞여 뺨을 타고 뚝, 뚝, 흘렀다. 그제야 나는 손바닥을 들어 얼굴을 쓱쓱 닦았다. 잠시 숨을 고르며 아득한 뒷일을 생각하다, 고민 끝에 아이들을 잡은 손을 윤정에게 내밀었다.

"윤정아, 언니가 너한테 부탁 하나만 해도 될까? 잠깐만, 아주 잠깐만 얘네들 좀 보고 있어줄래? 언니는 있지, 아무래도 언니랑 같이 온 남편을 찾아야 될 것 같아."

그래도 남편이라고, 차마 도진을 두고 갈 수 없었다. 여길 함께 내려간 후에 죽이든 살리든, 같이 살아보자며 발버둥 치다 나를 이 끔찍한 지옥에 끌고 온 그를 나는 도저히 버릴 수 없었다. 윤정은 나를 잠시 바라보다가 말했다.

"언니, 우리 여기를 빨리 떠나야 할 것 같아요."

158

"언니도 알아. 그렇지만 저 안에 모인 사람들, 안내자들까지도 다들 어디로 도망가거나 드러누웠어. 그러니까 아주 조금 지체해도, 적어도 오늘 밤에 우리를 해칠 사람은 없을 거야."

윤정은 놀란 기색이었다.

"도망가지 못한 사람들은, 죽었군요."

"윤정아."

"거짓말해주지 않으셔도 돼요."

잠시 말이 없던 윤정은, 차분히 가라앉은 목소리로 되물었다.

"언니, 그러면 지도자도 죽었나요?"

윤정이 묻는 순간, 가슴이 쿵 내려앉았다. 잊고 있던 이름이었다.

"그 지도자란 사람, 본 적은 없지만 여기서 우리랑 같이 지내고 있댔어요. 그 사람도 죽었나요?"

숨이 막히는 것 같았다.

"아니."

"떠나야 해요."

나는 한참을 생각하다 윤정에게 말했다.

"윤정아, 있지… 산 밑도 춥고 어두울 거야."

"그래도 여기보다 나아요."

"그래. 그러니까, 여기에 있는 두꺼운 옷이랑 필요한 물건을 있는 대로 챙겨가. 언니가 도와줄게."

"가라고요? 가자는 게 아니라요?"

"나는….."

말을 잇기가 어려웠다.

"언니는, 지도자를 찾아야 할 것 같아."

"내려가서 신고하면, 경찰이 잡아갈 거예요."

"묻고 싶은 말이 있어."

윤정은 한참 만에, 양손에 어린아이들 손을 잡고서 고개를 끄덕였다.

"언니."

"응?"

"조심해요."

윤정과 아이들을 한 번씩 안아주고, 나는 망설이던 몸을 돌렸다. 불타는 성곽을 돌아보다 소금기둥이 되었다는 여인들의 전설이 떠올랐다. 그러나 발길을 옮겼다. 이젠 도진이 아니라 나 때문이다. 안내자의 손에 이끌려 발끝만을 보았던 지도자라는 사람. 그의 얼굴을 보고 싶었다. 아니, 보아야 했다. 더는 납작이 엎드리지 않은 몸으로 꼿꼿하게 재를 밟으며 걷는데, 일순 머리 위로 낯선 그림자 하나가 크게 드리웠다.

나무 그림자와는 확연히 달랐다. 바스락, 바스락. 앙상한 나뭇잎 스치는 소리와 함께 눈 밑 산길 바닥에 달빛이 드리운 그림자가 하나가 앞뒤로 흔들거렸다. 걸음을 멈추고, 천천히 고개를 위로 젖혔다. 키 작은 나무 하나. 그중 가장 높은 나뭇가지에 밧줄이 길게 늘어졌고, 거기엔 도진이 목을 매고 매달려 있었다. 도진의 온몸은 하늘에서 내린 비에 흠뻑 젖었고, 바닥엔 웅덩이가 고였다. 그리고 나무 주변에, 또 다른 그림자 하나가 나타났다. 나는 한 걸음, 한 걸음 떨리는 발걸음을 내디뎌 나무로 다가갔다. 도진이 매달린 자리 가까이에 이르자 나무 옆 그림자의 주인이 얼굴을 드러냈다. 고급 코트를 걸친 나이 든 남자였다. 허리는 꼿꼿하고 기운이 넘쳐 보였으나 깊게 팬 주름살이 나이를 말해주었다. 그는 양손에, 유화가 있던 방에서 본 시너를 들고 있었다. 자세히 보자 나무 주변엔 이미 기름통에서 흘러나온 기름이 동그랗게 원을 그리고 있었고, 그림자의 주인인 노인은 바닥에 시너를 붓던 자세 그대로 멈춘 채 나를 보고 있었다. 입술이 바르르 떨려온다.

"이게 누군가. 자네는, 어찌하여 아직 살아 있는가?"

그가 입을 열었을 때, 나는 단번에 그 목소리를 알

아들었다. 지도자. 그것은 지도자의 목소리였다.

"모두 낙원으로 떠났네. 선택받은 자여, 어째서 아직 낙원에 도달하지 않았는가?"

그가 기름통을 든 채 내게로 서서히 다가왔다. 주춤, 뒷걸음질을 치는데 그의 한 손에 들린 라이터가 보였다.

"뭐 하는 짓이야."

떨리는 성대를 열어 간신히 물었다.

"대체 이게 뭐 하는 짓이냐고!"

"그대의 옛 가족을 산짐승과 흡혈귀가 물어뜯지 않도록 돕고 있네만."

그는 고개를 돌려 목을 맨 도진을 물끄러미 보았다.

"저 이는 그동안 참 잘 따라와주었어. 하지만 마지막에 육체의 겁에 져버렸지. 아깝네, 아까워. 그래도 이곳에서의 나날이 헛된 여정은 아니었어. 우리가 준비한 길을 통해 낙원에 가진 않았으나, 다른 길을 걸어 다른 이들과 같은 곳에 도달했으니 말이야. 기특하게도."

"지금 하고 있는 짓을 묻는 게 아니잖아!"

나를 향해 고개를 돌리는 그의 뺨이 삐그덕대며 기울었다.

"어찌하여 언성을 높이는가. 선택받은 자여."

"네게도 가족이 있을 것 아니야! 네가 사람이라면, 어떻게, 어떻게…."

내 말이 무슨 즐거운 이야기라도 되는 양, 그는 크게 너털웃음을 터트렸다. 달빛 아래, 날카로운 그의 치아가 뾰족이 번뜩였다.

"가족이라… 그래, 내게는 대단히 많은 가족이 있지."

싸한 기분이 들었다.

"여기 모인 모든 이가 내 형제요, 자매요, 자식이니. 그들의 가족도 나의 가족 아니겠는가?"

"대체 왜! 말해봐, 어디 한번 그 더러운 입으로 내게 말해봐. 왜 사람들을 죽였지? 왜 우리를 죽이려 했지?"

나는 거의 울부짖듯 외쳤다.

"아, 오해는 말게. 내가 겨우, 선한 기업이란 이미지로 효소 따위나 만들어 팔기 위해 당신들을 이용했겠는가? 덤이야, 덤. 그런 건 모두 덤일 뿐이라고. 경영에서 손을 뗀 후에도 무별촌을 직접 관리한 건, 그대들을 의심으로부터 자유롭게 해주기 위함이었어."

눈 앞의 풍경이 이지러졌다. 저 얼굴. 백발이 검게 변하고 주름은 외려 늘었으나 그제야 알아볼 수 있었다. 도진이 다니던 회사 사보에서 본, 안현그룹의 창립

자였다.

"시기와 정도의 차이가 있을 뿐, 육체의 피가 섞인 가족을 잃은 이들은 끝내 그 죽음의 근원을 의심하고 원망하게 되지. 그 끝에 결국 찾아낼, 감히 이기지 못할 안현이란 거물 그리고 세상의 모든 힘 있는 자를 헐뜯고 미워하며 괴로워할 마음들을 달래준 게 바로 나란 말일세. 자, 말해보게. 어떤가, 그대여. 그대도, 이곳에서 죄의식과 질문을 벗고 비로소 자유로워지지 않았던가? 바로 그 입술로 우리는 같은 살을 뜯고 피를 나눠 마시지 않았던가!"

뒤통수를 세게 얻어맞는 것 같았다.

"이 개새끼!"

지도자의 목을 조르려 달려드는 순간, 그가 순식간에 내 몸에 기름을 뿌렸다. 나는 그의 목을 조르려 하고, 그는 라이터를 켜기 위해 한쪽 손을 연신 움찔거렸다. 뒤엉켜서 축축이 젖은 바닥을 뒹구는데, 돌연 쿵 소리가 났다. 도진이 나무에서 떨어진 것이다. 밧줄의 단면은 거칠게 끊기고, 목에 붉은 흉이 선명한 도진의 시신이 지도자의 몸뚱이를 덮치며 그의 노구는 꼼짝없이 바닥에 깔린 형상이 됐다.

"윽!"

그런 채로도 그는 파르르 떨리는 팔을 뻗으며 저 멀리 놓쳐버린 라이터를 집으러 끈질기게 꿈틀거렸다. 그 손을 밟고 달려가 라이터를 줍고 싶었지만, 종일 이어진 싸움들에 만신창이가 된 몸은 생각만큼 쉽게 움직이지 않았다. 그때 저 멀리, 희미한 소리가 들려왔다.

절그럭, 절그럭.

쿵, 쿵, 쿵.

뼈들이 부딪치고 병든 몸이 달려오는 소리. 저기 멀리서, 한 무리의 감염자들이 군대처럼 줄을 맞춰 떼지어 오고 있었다. 감염자의 피를 어찌나 퍼마셨는지 기력 넘치는 지도자가 끝내 라이터 바로 앞까지 더듬대며 다가간 순간, 몰려온 이들이 순식간에 그를 에워쌌다.

"아아악!"

"크르르."

노인은 울부짖었고, 흡혈귀들은 그 위를 까맣게 덮었다. 절그럭, 절그럭, 소리 사이로 우지끈 부서지는 소리, 그리고 콱, 콱 이를 박는 소리에 이어 철퍽대며 무언가를 핥는 소리가 났다.

"언니, 언니!"

그때 윤정의 목소리가 났다. 고개를 들자 저쪽에서

윤정이 아이들의 눈을 가린 채 나를 부르고 있었다. 아이들을 뒤돌아 세운 윤정이 나를 향해 달려오는 사이, 기이한 자세로 바닥에 누워 뒹구는 도진을 물끄러미 보았다. 분명 자살을 했다는 도진의 목에는 줄 자국뿐 아니라 선명한 잇자국도 남아 있었다. 예진의 몸에서 보았던 것과 같은 형태였다. 무슨 일이 있었는지알 것만 같았다. 이제, 정말 떠날 시간이구나. 부축하는 윤정에게 의지해 있는 힘껏 몸을 일으키는 순간, 사방이 환하게 밝아왔다. 벌써 해가 뜰 시간인가. 고개를 드는데, 까만 밤하늘을 환히 밝히며 무수히 많은 불꽃이 날아오고 있었다. 놀란 입을 벌리기도 전에 하늘에서 불씨가 흩날리기 시작했다. 반짝이는 가루들은 나무에, 저 멀리 보이는 건물들에 매섭게 내려앉았다. 그제야 죽은 도진이 한 손에 꼭 쥔 성냥갑이 눈에들어왔다.

"미친놈, 등잔에 붙일 불을 어디 다른 데 지르다 잡혔구나."

"언니, 피해요!"

한번 자리에서 일어서자 다시 다리에 힘이 들어갔다. 어쩌면 매섭게 쫓아오는 저 불이 그렇게 만들었는지도 몰랐다. 나는 윤정과 아이를 하나씩 나눠 둘러업고, 산 밑으로 뛰기 시작했다. 저 밖을 향해, 재로 변해버린 아치를 지나고 불길을 피해, 무별촌 바깥으로. 험한 산길을 힘겹게 그리고 절박하게 내려간다. 한참을 헉헉대며 달려가는데, 볼을 타고 눈물이 죽 흘렀다. 살을 태워버릴 듯 뜨거웠다. 그 순간 발목에 턱, 무언가가 걸려 온몸이 중심을 잃었다. 본능적으로 아이를 품에 감싸고 흙바닥을 뒹굴다 간신히 멈추는데, 온몸이 부서질 듯 아팠다. 하지만 다시 가야 했다. 상처가 가득하고 피투성이가 되어 뼈가 부러져도, 저 밑을 향해 가야 했다. 그 사실을 뼈저리게 느낀 순간, 부르튼 입술은 저절로 벌어져 윤정에게 말했다.

"윤정아, 언니를… 도와줘."

윤정이 내민 손을 잡고 비틀대며 일어서 다시 달리기 시작했다.

"미안해, 윤정아."

"괜찮아요, 언니."

울음을 참고 싶지 않았다. 중요한 건, 그저 무사히 내려가는 일이었다. 괜찮아, 괜찮아, 이예진. 너는 하나도 강하지 않아. 그래도, 괜찮아. 비로소 끝없이 되뇌며. 그때 저 멀리 빛이 보이기 시작했다. 불꽃이 아닌 가로등과 인가의 불빛이었다. 피투성이가 된 채 땅으로 진입했다. 그리고도 걷고 또 걸었다. 희미하던 해가 완전히 떠오를 무렵, 멀지만 어렴풋이 마을이 모습을 드러냈다. 긴장이 풀린 다리로 그 자리에 주저앉아, 우리가 벗어난 저 지독히 높고 험한 산을 올려보았다. 겨우 조금 전 불이 났던 것이 무색하게도, 불길이 하나도 보이지 않았다. 태울 것을, 태울 만큼 태운 것이겠지. 그러고서야 멈춘 것이겠지. 입술을 깨물고 울었다. 저 위에서 내가 보았고 겪었고 행한 일들이 떠올랐다. 그중 어느 것도 잊히지 않았다. 마치 도진과 예서의 상흔이 겹치며 사인이 뒤섞이던 순간처럼. 모든 것은 지독히도 끈끈하게 엮이고 얽혀 있었다. 나는, 앞으로 살아가는 내내 내가 다시 묻게 될 것을 알았다. 누가 예서를 죽였는가, 는 다음 문제였다. 자그만 몸이 추운 창고에서 숨을 멈추던 순간, 예서가 얼마나 외로웠을지, 얼마나 아팠을지. 나는 그것이 지독히 궁금할 터였다. 또한, 내가 결코 그 답을 알 수 없으며 그런 채로도 살아갈 것을 알아차렸다. 마음과 몸에 피가 철철 흐르는 채로 살아갈 것을. 몸을 흔들고 흐느끼며 깨달았다. 아무것도 지나가지 않았다. 무엇도 없던 일이 될 수 없었다. 그렇게, 우리는 살아가야 한다. 동이 트기 시작했다. 나는 한 손에 어린 손을 잡고, 윤정과 나란히 다

168

시 걸음을 시작했다. 마을이 가까워진다. 햇빛 아래 가려진 진실이 드러나고, 미루어진 값들이 치러질 시간이었다.

〈끝〉

작가의 말

    세상엔, 아프지 않고 죽지 않고 멋지게 살아가는 법에 관한 환한 이야기가 참 많습니다. 부모 있는 아이들이 결핍 없이 자라게 하는 법, 있는 돈을 더 불리는 법에 대한 이야기도 끝없이 바람 속을 떠돕니다. 누구나 아프기 싫고, 죽기 싫고, 결핍 없이 사랑받는 것이 좋고 가난은 죽음보다 두렵기 때문일까요. 주문과도 같은 그 말들 속에서 어떤 사람들은 이 완벽한 세상의 고혈을 빠는 존재로 취급됩니다. 정작 누군가 그들의 피를 나눠마셔서 저주를 피하는 동안에요. 열심히 일해도 아프고, 상처 입고, 사랑하는 이를 잃은 사람들의 목소리는 너무 작아 우리는 눈을 감고 귀를 기울여야만 겨우 서로를 찾을 수 있었습니다.

어쩌면 그런 이유로 저는 자꾸만 유령의 목소리에 매혹되는지도 모르겠습니다. 흐리고 옅고 나풀대는 존재들. 그러면서도 손을 뻗고 귀 기울인 순간 나를 무겁게 덮쳐오는, 불길한 형상. 금 하나 없이 온전하고자 애쓰는 이 세계를 부수러 찾아오는 자들 말입니다. 나와 함께 버려진 친구들, 일하다 죽은 이들, 세상이 꺼림직하고 부담스럽고 버겁다 말하는 이들은 그제야 주인공이 되고 죽은 자는 비로소 이야기를 시작합니다. 거기엔 죽음 이후의 삶, 끝나지 않는 슬픔, 부서지고 망가진 후에도 지속되는 사랑에 관한 이야기가 있습니다. 뒤틀리고 앞뒤가 뒤바뀐 채 띄엄띄엄 이어지는 그들의 목소리를 더듬더듬 쫓으며, 저도 여기 작은 돌 하나를 올려놓습니다. 제가 아는 괴물들의 이야기. 얻어맞고 착취당하고 쫓겨난 후 다시 돌아온 이들의 이야기를…. 유령들이 소곤대는 소리가, 이 이야기가 끝나지 않으면 좋겠다고 생각합니다.

2026년 봄,
이빗물

172

우리가 피를 마실 때

초판 1쇄 발행 2026년 4월 20일

지은이 이빗물
펴낸이 나성채
디자인 김선예, 이다솔, 이수정
마케팅 박동준

발행처 오러 orror
등록 2023년 4월 26일(제2023-000003호)
주소 10542 경기도 고양시 덕양구 청초로 19
아이에스비즈타워센트럴 A동 707호
전화 02.324.3945-6 **팩스** 02.324.3947
이메일 orrorpub@gmail.com

ISBN 979.11.93984.18.5 04810
979.11.983254.0.2 04810(세트)